チェーホフ　-教育との関わり-

富田　満夫　著

創風社

はじめに

　チェーホフは文学者としてすぐれた戯曲や小説を残しているが,彼自身は「医学は本妻,文学は情婦」としばしば述べている.
　しかし日本ではチェーホフの医師としての活動について,なぜかほとんど知られていなかった.文学に無縁な筆者は最近になって彼の伝記や作品を知り,医師としてすぐれた活動,——社会的弱者への共感と献身,先見的な新しい科学・医学への挑戦,社会医学的な観点からの医療の実践——を行ったきわめて先駆的な医師であることを知った.
　彼は1860年に生まれ,1904年に没している.
　1861年にはロシアの近代化の大きな契機となった農奴解放令が出され,1905年にはロシア第1次革命が起こっている.
　いわばチェーホフはロシアの近代化の中で生まれ,短かすぎる生涯を終えたのであった.
　同時に彼が活動した19世紀後半は科学・医学が急速に発達した世紀であり,筆者はチェーホフをこのような社会的な背景をふくめて理解する必要があると感じたのである.
　チェーホフは「芸術的文学がそのように呼ばれ得るのは,それが,人生を現にあるがままに描いている場合にかぎられる.その唯一の目的は絶対的で偽りのない真実である」(キセリョヴァ宛1887年1月14日)と述べている.
　したがってチェーホフの医療活動と作品を当時のロシアの社会情勢と関連してまとめ,『医師チェーホフ』(創風社)と題して出版した.
　その中で「チェーホフ晩年の正妻は教育のようである」と書いてしまった.
　このため筆者の頭の中に「晩年の正妻」が重くのしかかることになる.
　チェーホフはゴーリキーに「教師は熱烈に自分の仕事に惚れこんでいる芸術家であらねばなりません」と語っている(チェーホフ・ゴーリキー「往復書簡」1953).また「教育はすぐれた芸術である」,すなわち教師と生徒とによる感動的な創造の事業であるという(大田堯「教育とは何かを問いつづけて」1983).
　チェーホフもこのような体験があるのであろうか.
　私事で恐縮だが,筆者も高校時代には中学教師をめざしていたが,経済的に

進学を諦めざるを得なかった．恩師に泣きついて，母校の村の中学で代用教員として雇ってもらった．

生徒たちと1年間田舎でのんびり楽しく過ごしたが，当時は教育に対する理念も知識・技術もなく，今では忸怩たる思いである．

しかし家庭の事情と意志の弱さで初志を貫くことができず，医療の道に進まざるを得なかった．文学にも縁のない多忙な医療業務で40年を過ごし，定年退職後におよそ15年間，保育園の名ばかり園長を経験した．教育について語る資格も能力もないが，医療とは次元の異なる教育の重要性を改めて知らされた．

医師チェーホフと同様に，チェーホフと教育のかかわりについても，二，三の論文を散見するのみであり，まとまった資料がないため暇にまかせて少し調べてみることにした．

ロシアにはかなりの文献があるものと思われるが，インターネットを駆使する力はなく，教育分野のロシア語の読解力もない．

したがって不十分ではあるが，国内の文献を中心に教育を軸にして伝記や『全集』を読み返してみることにした．

読んでみるとチェーホフは教科書にも掲載されている子どもへの暖かい眼差しをおくる作品を描き，教育支援，学校建設，教師のためのサナトリウムの建設などにとりくんでいる．

さらにはサハリンや故郷のタガンローグ市立図書館へ図書を贈りつづけ，遺書にまで遺産をタガンローグ市の国民教育資金に寄贈するよう指示している．

晩年における彼の大きな関心が広い意味で教育にあった事実を知り，チェーホフへ新たな敬意を加えることとなった．

芸術家はそのすぐれた皮膚感覚で未来を感知することも事実であろう．

同時に彼の晩年の作品『三人姉妹』『桜の園』『いいなずけ』などには第1次ロシア革命を前にした緊迫した情勢のためか，未来への明るい展望を語る場面が多く見られる．

チェーホフは研ぎすまされた彼の感性で，教育にかかわることで子どもたちに未来へのメッセージを託したのではないだろうか．

前著同様に巨大な善意をもつチェーホフと彼の作品への理解に少しでも役立つならば，筆者としても望外の喜びとするところである．

教師への夢が万分の一も果たされるわけではないが，なぜかほっとしている．

門外漢ゆえの独断的で誤った記述も少なくないと思われるため，ご批判，ご

意見をお願いする次第である．
　前著同様に素人の駄文をとりあげていただいた創風社千田顯史社長に感謝の意を表したい．

2017 年 10 月
富　田　満　夫

凡　　例

1，引用するチェーホフの作品は『　』で示した．
　　題名は『チェーホフ全集』(中央公論社，1970)によった．
　　全集所載のチェーホフについての論文ほかの題目は同じ『　』で示した．
2，原文の注釈は文中に，文中の筆者による注釈は小文字にした．
3，再引用の文献は姓と発行年のみとした．

目　次

はじめに……………………………………………………………………… 3

第1章　ロシアの身分制……………………………………………………11
　第1節　ピョートル大帝の改革…………………………………………12
　第2節　エカテリーナⅡ世以後…………………………………………15
　第3節　大改革とその後…………………………………………………16
　第4節　各階層と身分制…………………………………………………22
　　1　本源的住民　22
　　2　異族人　26
　第5節　その他……………………………………………………………27
　　1　官位制　27
　　2　勲章　28
　　3　決闘　30

第2章　19世紀後半における身分制と教育……………………………33
　第1節　大改革期以前……………………………………………………33
　第2節　「大改革」期の身分と教育……………………………………43
　第3節　反動期の身分と教育……………………………………………48
　第4節　その他の教育と施設……………………………………………66

第3章　チェーホフが受けた教育…………………………………………83
　第1節　家庭環境…………………………………………………………83
　第2節　少年時代…………………………………………………………88
　第3節　モスクワ大学医学部……………………………………………94
　第4節　新しい医学への挑戦……………………………………………96
　第5節　勤労への意欲……………………………………………………100
　第6節　自由への希求……………………………………………………103
　第7節　公正と虚偽への抵抗……………………………………………105

第 8 節　進歩と未来への展望……………………………………107

第 4 章　チェーホフと教育………………………………………109
　　第 1 節　子ども好きのチェーホフ……………………………109
　　第 2 節　サハリンの子ども……………………………………110
　　第 3 節　学校建設………………………………………………113
　　第 4 節　教育支援………………………………………………118
　　第 5 節　教師への支援…………………………………………122
　　第 6 節　図書館への寄贈………………………………………125
　　第 7 節　兄弟への忠告…………………………………………127
　　第 8 節　教科書のチェーホフ…………………………………130

第 5 章　チェーホフ作品における教育…………………………133
　　第 1 節　子どもの情景…………………………………………133
　　第 2 節　自然とのかかわり……………………………………134
　　第 3 節　父の暴力………………………………………………138
　　第 4 節　忍耐と努力……………………………………………139
　　第 5 節　虚偽に対する抗議……………………………………143
　　第 6 節　教育について…………………………………………144
　　第 7 節　教師の実態……………………………………………155
　　第 9 節　生への渇望……………………………………………158
　　第 10 節　進歩と未来について…………………………………160

補　遺：チェーホフと宮沢賢治…………………………………165

参考文献……………………………………………………………177

チェーホフ -教育との関わり-

第 1 章　ロシアの身分制

　チェーホフの作品には貴族と農民，官等制など身分による悲喜劇が数多く見られる（『リンゴのために』『奥さま』『小役人の死』『でぶとやせた男』『下士官プレシベーエフ』など多い）．教育についても大学生が娼婦と戯れたり（『発作』），解剖学の試験勉強の道具に寒空に女性を裸にする一方で（『アニュータ』），幼児期に学校にもやってもらえず奉公に出され，悲惨な境遇に嘆く子どもたちがいる（『ワーニカ』『ねむい』）．また死語と化したラテン語やギリシャ語などの古典語や数学の不首尾による学生の悲劇も語られている（『演劇について』『古典科中学生の災難』『ヴォロージャ』など）．
　あるいは彼の作品には教師の貧困，劣悪な教育環境や労働条件，家庭教師の屈辱や女性教師の差別などが描かれている（『大騒ぎ』『荷馬車にて』『かもめ』など）．
　このような状況はチェーホフがかかわった初等教育に対する政府の方針，教育を取りまく環境，教師の社会的地位など当時の社会情勢の反映と考えられる．
　したがってロシアに特徴的な身分制と教育について，チェーホフと作品に与える影響についてまず考えてみることにした．
　帝政ロシアでは「教育が身分を作った」，すなわち受けた教育がその者の身分を決定したといわれるほど，教育は身分と不可分の関係にあったとされる．
　ロシア帝国は身分制を基礎に構成され，身分制は 1917 年の第 2 次ロシア革命により廃止されるまで，社会的地位や経済的生活のほか民衆が受ける教育に大きく影響している．
　産業革命を経て近代社会へと発展しつつあった西ヨーロッパ諸国と異なり，帝政ロシアは 13 世紀から 15 世紀（1237～1480）にわたるモンゴルの襲来と支配（タタールの軛(くびき)）により，皇帝を頂点に一部の貴族と大多数の農民からなる封建社会にとどまる後進国であった（表 1-1）．
　したがってロシアにおける教育制度には絶対的な皇帝（ツァーリ）による専制，国教であるロシア正教への忠誠，貴族社会の維持といったロシアに長く根ざした身分制が大きくかかわっていると考えられる．
　巻末の海老原，市来，橋本，佐々木，塚本，和田らの著書，論文を参考に考えてみたい．

表1-1 ヨーロッパロシア地域住民の階級構成（1863年）

身分	人口（人）	総人口比（％）
世襲貴族	677,417	1.1
一代貴族	296,675	0.5
僧侶	611,054	1.0
都市身分	4,794,175	7.9
（世襲名誉市民）	(17,502)	(0.03)
（一代名誉市民）	(17,801)	(0.03)
（商人）	(465,996)	(0.8)
（町人）	(4,032,530)	(6.6)
（職人）	(260,346)	(0.4)
村落身分	49,484,665	81.2
（国有財産省管轄下農民）	(23,138,191)	(38.0)
（農奴的従属から脱却し地主地に在住する農民）	(23,022,390)	(37.8)
（皇室領庁及びその他の諸官庁管轄下農民）	(3,326,084)	(5.5)
その他	5,045,323	8.2

資料：塚本智宏「19世紀ロシア身分制的学校制度の展開と再編」1995.

第1節　ピョートル大帝の改革

　ピョートル大帝はロシアの近代化のために多くの改革を行ったが，身分制に関する改革に限ると，人頭税と官等表がある（図1-1）．

　ピョートル大帝は国民すべてに国家への奉仕を義務として，貴族には生涯勤務の義務，軍務，公務への勤務を，農民（農奴）および市民に納税と兵役を強制した．貴族は納税，体刑が免除され，移動は自由であったが，農民や市民には移動に際してパスポートの所持を義務づけた．

　また貴族には特権として農奴の所有が認められた．

　農民は人頭税のほかに賦役，貢租あるいはこの両者の負担があったとされる．

　チェーホフは次兄ニコライがパスポートを所持していなかったため，療養先の対処に苦慮することになる．

　『コゴメナデシコ』では主人公と同室のユダヤ人の青年が言う．

「パスポートを持っていないことを警察にかぎつけられましてね，父のもとへ強制送還されちまったんですよ……」

1　人頭税

人頭税制はピョートル大帝（在位 1721 〜 1725 年）の晩年に導入された．

19 世紀後半まで人頭税を免れたのは貴族，僧侶，一部の特権商人であり，地主領農民，農奴や国有地農民，都市住民（商人，職人など）には課税された．

特権的身分と非特権的身分に分割されたのである．

人頭税の実施は農村と都市の住民を身分的に整理し，固定化する役割を果たし，農村では農民の地位を低下させた．

帝政政府は貴族の特権を保護するとともに公務と軍務を通じて体制へ従属せしめた．

皇帝（ツァーリ）を頂点に，貴族 ―（都市住民：商人，町人，職人，徒弟）― 農民（農奴）のピラミッドが形成されたのである．

図 1-1　ピョートル大帝

2　官等表

ピョートルⅠ世時代に官等表（1722 年）が制定され，14 の等級を決定した官等表を作成している（表 1-2）．これにより才能や国家への貢献度により下級貴族の昇進，非貴族の貴族化が可能となった．

チェーホフを含めロシア文学に頻繁に登場する〜等官某なる名称はここに端を発している．

官等は貴族，官吏の身分を直接に表し，その社会生活に大きな影響を与えた．チェーホフは官等からおこる悲喜劇を鋭い観察力で描いている．

上は空気の読めない，他人への関心を失った『三等官』の老人から，久しぶりで会った同級生なのに，互いの官等がわかると急に卑屈になって場がしらける『でぶとやせた男』，下は 14 等官の下級官吏の悲哀や願望を描いた小品もある（『喜び』『釘の上に』『勝利者の凱歌』など）．

表1-2　官等表

等級	文官	武官
I	宰相	元帥
II	現任枢密参事官	大将
III	検事総長	中将
IV	参議会議長・枢密参事官	少将
V	参議会副議長・紋章局長	準将
VI	参議会参事官・高等裁判所長官	大佐
VII	上級秘書官（陸・海・外務参事官）	中佐
VIII	上級秘書官（他の参議会）	少佐
IX	名義参事官・教授・医官	大尉
X	参議会秘書官	準大尉
XI	元老院秘書官	
XII	県秘書官	中尉
XIII	州秘書官	少尉
XIV	参議会計理官	少尉補

資料：岩間徹編「ロシア史」1993.

　軍人は士官，文官は8等官まで昇進すると非貴族にも世襲貴族の身分が認められ，身分間の流動が開放的であったのもロシア身分制の大きな特徴の1つとされる．

　官等制では14等官で一代貴族となり，12等官（武官），8等官（文官）で世襲貴族になることができた．ピョートル大帝の時代から中央や地方の官庁に貴族以外の子弟が採用され昇進して貴族身分を獲得していった．すなわち家柄や財産よりも国家への貢献度や学歴が貴族への道を開いていたのである．

　レーニンの父は仕立て職人の息子から努力して学をなし世襲貴族になり，チェーホフの作品では『わびしい話』の主人公ステパーノヴィチ教授は神学校の貧乏学生から3等官になっている．『ワーニャ伯父さん』のヴァーニャの義弟セレブリャコーフ教授も「寺男の倅がさ，官費で勉強させて貰って，まんまと博士号だの教授の椅子だのにありついてさ，やがて親任官に成り上がった挙句に，枢密院議員のむこさんに納まった，……」という出世ぶりである．

第2節　エカテリーナⅡ世以後

しかし大帝の死後，貴族は自由を獲得し，国家から解放され，特権階級として「寄生的で怠惰な搾取者」となっていった．

これらの無能で，怠惰な没落していく貴族をチェーホフは多くの作品に描いている（『咲きおくれた花』『嫁入り支度』『親切な酒屋の主人』『他人の不幸』『むなしい機会』『知人の家で』『桜の園』など多い）．

チェーホフの時代にも貴族の医師が公爵夫人から解雇されているように貴族間の階層分化が見られる（『公爵夫人』）．

さらにこの時代に平民でも官等表最下位の14等官になれば終身一代貴族，さらに8等官まで昇進すれば終身貴族であり，18世紀に増加した貴族のかなりの部分は平民出身の軍人，官僚であったとされる．

図 1-2　エカテリーナⅡ世

このため商人，町人などの市民層や農民にも教育への関心が高まった．

ピョートル大帝以降の西欧化が進展する中で，ルネッサンスや宗教改革などの知的な接触よりも，ロシアの貴族が好んだのはフランスやドイツの宮廷的な貴族文化の模倣であった．彼らはフランス語やドイツ語などの外国語を巧みにあやつり，馬術，ダンスや西欧風の建築，美術，音楽を愛好した．知識や文化は貴族の特権で独占されていたのである．

「わが国のすぐれた人物はどういう人間です？　早い話が一流の画家なり，文学者なり，作曲家なりにしてもですよ……いったいどう人間です？　一人残らず，貴族階級の代表者じゃありませんか」（『地主屋敷で』）

西欧化にともない貴族社会ではフランス語が尊ばれ，とくにフランス啓蒙主義者との交流をもっていたエカテリーナⅡ世（図1-2）の時代には顕著になった．

フランス語はサロンの共通用語となり，貴族同士の会話はほとんどフランス語であった．母国語を知らない貴族もいたといわれる．

貴族の特権的な教育機関ではヨーロッパ的な人文的教養よりも貴族の身分的

な差異を示す文化が教科としてとりいれられた．

1764年女帝エカテリーナの命により貴族の子女にたいし良妻賢母型の教育を行うことを目的としてスモーリヌィ女学院が開設された．貴族の家庭教育から閉鎖的な寄宿による学校教育を行い，教育内容もダンス，音楽，裁縫，などがあり，とくにフランス語による会話がもっとも重視されたとされる．

このように知的教育よりも徳の教育が重視され，身分制原理が明らかな女子教育がはじまった（第2章）．

すなわち圧倒的多数を占める農民をはじめ庶民の子女の初等教育を放置し，あくまでも特権階級である貴族の子女の教育が目的であった．

ただしピョートルの実務を重視した改革の影響で，もっとも普及していたのはドイツ語であったとされる．

一方科学・技術はピョートル大帝以来ドイツを範とし，外国人学者は主としてドイツから招かれ，科学アカデミーやモスクワ大学の教授の大半を占めた．

医学関係ではピロゴフ，セチェーノフ，パヴロフ，メチニコフといったロシアの著名な学者はみなドイツに留学している．

またチェーホフに影響を与えたモスクワ大学医学部の教授たちも主としてドイツに留学している（内科学教授ザハーリン，衛生学教授エリスマン）．

第3節　大改革とその後

1825年デカブリストの反乱，1830年フランス7月革命とポーランド蜂起，1848年ヨーロッパ革命期に入る．このように18世紀以降，近代化とともに階層分化が進行し，農民の地理的・階層間の移動（逃亡，移住，出稼ぎなど）が活発化していった．

19世紀後半に入って当時のロシアは衰退しつつあったオスマントルコの領土を侵略していた．このためイギリス，フランスなど他のヨーロッパ諸国との利害が対立，緊張が高まっていた．1953年9月，トルコはロシアに宣戦布告し，1854年3月イギリス・フランスもロシアに対して宣戦布告を行った．

近代的兵器に劣るロシアは1856年3月，連合国の前に屈してパリ講和条約が締結された．

クリミア戦争におけるこの屈辱的な敗北は，ロシアの兵器などの技術水準や鉄道などの未発達による輸送能力，さらには将兵の志気や能力の低さ（未熟な

訓練の貴族将校と文盲の農奴出身の兵士)，前近代的財政による混乱などロシアの近代化の遅れをさらけだした．

このため当時の皇帝アレキサンドルⅡ世はロシアの農奴制が基本的な原因と考え，その改革，いわば上からの改革に着手した．

農奴は移動の自由を含む人格的自由を奪われており，領主は農奴の売買，贈与，処罰などの権限をもっていた．農奴は領主に対して上述の賦役や貢租の義務を負っており，賦役は領主の農地で農耕を行う義務のことである．

納税や徴兵もこの農奴制を基礎としていた．

1　農奴解放

1861年2月，アレキサンドルⅡ世は農奴解放令を公布した．

したがって農奴制の廃止は農民にとって人格的な隷従を脱し，売買，抵当，相続財産としての農奴を対象とすることは禁じられた．

土地もつけて解放されるが，その分与地については支払いを要した．

しかし地主は全農業用地の1/2〜1/3を確保する権利が認められ，土地は依然として地主の所有が続き，賦役や年貢の過酷さに農民の貧困化は進行した．

この解放に当たって農民は多くの分与地を地主に取りあげられ，また多額の分与地買取金を負担しなければならなかった．

したがって多くの農民は多額の借財を負い，土地を失って地主に対する経済的な隷属から解放されなかったのである．

農民の耕作する土地は農奴時代よりも少なく，旧領主は広い土地を支配しつづけた．一方高額の金額で払い下げてもらった土地がやせていたり，遠隔の土地があてがわれたりした．

このため地主のもとで賃金労働や土地を借り入れて小作として耕作しなければ生活が苦しかった．土地は農村共同体の連帯責任で買い取ることとされているため，完全な農民の私有地となったわけではない．

また土地の購入には領主の同意を要し，多くの農民は現金をもたないため，政府が肩代わりして領主に相当額の債権を交付した．

農民層が分解し，農村におけるブルジョワジーの支配が行われる．

作付け面積，家畜数，改良農機具数なども少数の富農に集中した．

多くの農民は貢租や人頭税を滞納し（『百姓たち』），このため年貢を払う条件で都市や他の地区へ出稼ぎに行く農民が増加した．

その多くは不安定な日雇い労働，季節労働，出稼ぎ労働などの形態で，工場労働者や鉄道建設に従事するようになる（『村老』『ある事件』）．

耕地は領主や国家が農民に分与したものであるが，この分与地を個々の農民に配分するのは農村共同体であった．

また農村共同体による定期的な土地の割当直しのため土地改良が進まなかった．このため土地の生産性は上がらなかった．

このように社会階層の分解と後述の教育改革により，雑階級[1]という今まで見られなかった社会的階層が発達し，確立されるようになった．

2　貴族の没落

農奴解放令により 2,200 万人の農奴が解放された．農奴制の廃止は領主貴族に対し大きな影響を与えることになった．

領主は農民分与地の切りとりによって領主直営地は増加したが，農民の義務が軽減されたため，農業への労働力はいちじるしく不足した．

このため賃労働にたよらざるを得ず，領主の出費は増加した「近頃は麦刈り人足も高いってね」「一日１ルーブリ 40 コペイカだとさ」（『谷間』）．

領主貴族は経済的な困難に陥り，チェーホフの『桜の園』ほか多くの作品に見られるような領地を手放す没落貴族が多数発生した．

『咲おくれた花』『嫁入り支度』『親切な酒場の主人』『他人の不幸』『むなしい機会』『隣人たち』『知人の家で』『いいなずけ』など多い．

未熟な農地の経営もあるが，無気力で怠惰なうえ浪費がかさなり没落を加速した（『英雄的な令夫人』『年に一度』『ロシアの石炭』『アルビヨンの娘』『秋』『トリフォン』『モスクワのトループナヤ広場で』『絶望した男』『アルビヨンの娘』『間抜けなインテリ』『よく廻る舌』『のらくら者』など）．

一方，農奴解放後のチェーホフの時代でも貴族の専横的な態度が描かれている（『リンゴのために』『奥さま』『不必要な勝利』『大さわぎ』）．

「爺ッ！お前を相手に遠慮すると思うか？いったいお前らが人間かよ？」（『奥さま』）．

貴族だけでなく「いちばん下っ端の役人や番頭でさえ，相手が百姓と見るや浮浪者扱いし，村長や教会の世話役にまで〈貴様〉よばわりし，しかもそれが当然の権利だと思いこんでいる始末だ」（『百姓たち』）．

3 農民層の分解

このようにして農民は領主との隷属関係はなくなったが，政府に対して債務を負うこととなった．農民の支払い負担が増えたにもかかわらず，解放後には収益源である農地は減少し，質の低下をひきおこした．

さらに昔から使用が認められていた採草地，森林，河川の用益権まで失った．

しかも他の階層には免除されていた人頭税の支払いは依然として義務づけられている．

旧農奴は買い戻し金を支払う上に，これらの税金を支払うことはほとんど不可能で，延滞金はますます増え，いっそうの窮乏化へとすすんだ（『百姓たち』）．

「以前，旦那がたの下で働いていた時分にはずっと楽でしたけど……」（『生のわびしさ』）．

このように農民の生活は凶作となれば飢饉が発生する不安定なものとなっていた．これによって農村プロレタリアの貧農の都市への出稼ぎが増大して，季節的農業労働者が激増している（表1-3）．

「……それが盗まれた時から家が左前になってきた．……馬を売る，牛を売る，おやじと爺さんは雇われに行く．……おれたち百姓によくあるやつさ」（『辻御者』）．

このような階層分化は一部の農村ブルジョワジーと大多数の農村プロレタリアートを生んだ．このようにして農村に貨幣経済が浸透し，収入支出に占める貨幣部分は増加して全農民の40％をこえている．

『三年』の主人公の父や「桜の園」を買い占めたロパーヒンのような農奴の子から商業資本家になった実例は，チェーホフが交流した後述の大新聞主スヴォーリン，大企業家・富豪モロゾフなどに見られる．

表1-3 人口の増加（千人）

年	総数	都市	農村
1863	61,420.5 (100)	6,105.1 (100)	55,315.4 (100)
1885	81,725.2 (133)	9,964.8 (163)	71,760.4 (130)
1897	94,215.4 (197)	12,027.1 (197)	82,188.3 (149)

資料：レーニン「ロシアにおける資本主義の発展」1954．

「桜の園」を手に入れた農奴出身の商人ロパーヒンは叫ぶ．

「冬でもはだしで駆けまわっていたあの餓鬼が……世界中に比べものもない美しい領地を買ったのだ．そこでは親父も祖父さんも奴隷だった．台所へさえも通してもらえなかった．その領地を私が買ったのだ！」

富豪のみでなく，貴族になる可能性もある．「お前を中学にも行かせてやるよ！どうだい？中学だぜ！お前を貴族にするんだ！」(『古い家』)

「……大体，何のためにあんたはこの子を中学校なんかに入れたんだい？あんたが貴族だとでもいうのかい？貴族におなりになるのかい？そりゃまあ，きっと貴族におなりなんだろうよ！あたしが言ったように，商人らしくやりゃよかったんだよ．うちのクージャみたいにお店に入れりゃ……」(『古典科中学生の災難』)

学歴を得て官吏になり業績をあげて出世すると，制度的に貴族にまでなる可能性があることを，これらのチェーホフの短編は示している．

4 地方自治会（ゼムストヴォ）[2]の設置

教育とかかわりの深い地方自治会について述べる．

農奴制の廃止による領主貴族の不満から貴族の政治参加への要求が生まれたが，アレキサンドルⅡ世の反対もあって実現しなかった．

1864年1月地方自治会設置法が裁可され，ヨーロッパ・ロシア33県に地方自治会が設置されることとなった．

行政区は県，郡，管区，郷，村単位からなり，地方自治会は郡・県に設置されたが，この機関の基礎となるのは郡レベルの郡会である．

執行機関として郡参事会を郡会で選出，郡会が県の議員を互選で選出する形態である．郡の執行機関である郡参事会と県の地方自治会議員は郡会の互選で選ばれた(『運がない！』)．チェーホフもメリホヴォ時代に郡会議員となっている．

定例議会は年に1回であるが，執行機関である参事会は通年的に活動した．

県・郡地方自治会が管轄する業務は地方税の賦課・割当，穀物備蓄，学校・道路・橋などの公共施設の建設，教育，公衆衛生などに限定され，政治問題に関与することは禁じられた．しかし1880年代以降，実務を担当する専門家として，教育制度の改善にともない地方自治会では教師，医師，獣医，農業技術者，統計家などの新しい知識階級が形成され，重要な役割を果たしていった．

県会・県参事会，郡会・郡参事会がおかれ，選挙権は一定の資金・不動産を

表1-4 ゼムストヴォにおける階級構成

身分	都		県	
	議員数	比率	議員数	比率
貴族	4,962	41.7	1,524	74.2
聖職者	774	6.5	78	3.8
商人	1,242	10.4	225	10.9
町人	54	0.5	11	0.5
農民	4,581	38.4	217	10.6
不明	302	2.5	-	-
合計	11,915	100.0	2055	100.0

資料:藤本和貴夫,松原広志編著「ロシア近現代史」1999.

所有し,県(郡)内に居住する個人,組織である.

中央集権的な帝政が行った上からの改革であるため不徹底であり,地方自治組織として地主,貴族,都市住民,農民の参加により構成されたが,貴族,富裕層に有利な選出方法がとられた.このため農民は参加が困難で,役職は貴族でしめられることが多かった.

発足時の比率は貴族・官吏74.2%,商人10.9%,農民10.6%であったとされ,3/4が貴族によって占められている(表1-4).

「〈あたしどもの郡はね,バラーギンという人の手中にすっかり握られているんですのよ.〉リーダはわたしをかえりみて,語をついだ.〈とにかく自分は参事 会議長ですし,郡の要職は全部, 甥御さんや娘婿に分け与えてあるんですもの,好き勝手なことをしているんですわ.たたかわなければいけないんです〉」(『中二階のある家』)

郡会の決定は県知事の許可を要した.参事会は執行機関で議長1名,参事2名で構成.市会は議長・市参事会の議長でもある市長と市参事で構成,これらは内務大臣,県知事の承認が必要であった.

地方自治制度も有産者の自治であり,無産者は排除され,その自治も権力の厳しい監督統制下におかれていた.

このように上からの改革であるため,中央政府の方針に反する決定は不可能であった.これらの組織は1890年からは地方長官(ゼムスキー・ナチャーリニク),警察の監督下に置かれた.

第4節　各階層と身分制

各階層について和田の分類にしたがって述べる（和田春樹「近代ロシア社会の法的構造」1968）．

和田によればロシアの身分は大きく本源的住民と異族人とに分かれる．

1　本源的住民

１）貴　族

父祖の勲功，官位在職，叙勲によるとされる．
（１）世襲貴族は4等官（文官）・大佐（佐官）以上から
（２）一代貴族は9等官（文官）・将校（尉官）以上から

貴族は国家への義務に対し抵抗をつづけ，ついに貴族の抵抗は貴族解放令（1762年）の公布となって実現する．これまでの国家勤務は領地の経営不能とし，貴族はその生活が農村から都市へ移動していたが，貴族解放令により，国家勤務から放たれた貴族は農村に帰り，農奴にかしずかれて自由な生活を謳歌した．

都会生活に慣れた貴族は，領地の経営者として農村に帰ることなく，有閑的生活をおくり農奴に寄生する無為な「余計者」を生み出した．

余計者は教育程度は高く，啓蒙思想などの影響を受け，現実のロシアの政治，社会に対する不満を表明，社会変革を求めるようになる．このようにして「インテリゲンツィア」というロシア独特の社会層が形成されていったとされる．

いかなる勲章でも叙勲を受けると一代貴族になり，聖ウラジーミル勲章以上の勲章を受ければ世襲貴族となった．

『頚の上のアンナ』では聖アンナ2等勲章をもらったアンナの夫が次の聖ウラジーミル勲章の叙勲をにおわせて挨拶するのもこのような特権があるからであろう．文官としては最低の14等官からはじめても勤続12年で九等官，一代貴族となった．

身分団体は貴族団で貴族団長は3年任期で貴族の代表として行政にかかわり，県貴族団長は県知事に次ぐ地位にあった．

官吏となる資格は身分資格で制限（商人の一部，町人，職人，農民は禁）されていたが，身分の別なく高等教育を受けた者すべて，中等学校を優秀な成績で卒業した者は対象となった．

このためすべての国民に官吏への道が開放されていたと言えるが，中心勢力は世襲貴族によって占められていた．

その他，地方行政は内務大臣 — 県知事 — 県（郡）警察本部長 — 警察署長の組織になっている．警察は本来の警備業務のほかに，勅令・法律の徹底，パスポート業務，防疫，住民調査など多様な機能を果たしていた．署長は貴族より選出される．

クリミア戦争での敗北がきっかけとなり，軍制改革が行われた．

1874年1月国民皆兵制が導入され，先述のような貴族出身の特権的な将校と文盲の農民を中心とする兵卒の集団を近代的な軍隊にするために，すべての市民に祖国防衛の義務を課した．一方，堕落した官僚制度のもとでは不正も行われ，チェーホフの短篇でも徴兵を回避するため医師に賄賂を贈ったりしている（『会話』『わが人生』）．

将校は貴族以外の身分の者もいたが，将校・貴族の子弟，とくに幼年学校出身者が将校の大部分を占めていたとされる．

戯曲『三人姉妹』で恋敵から決闘で斃される幼年学校出身の男爵トゥーゼンバフ大尉は「僕は生まれてこの方，一度だって働いたことがない．……勤労とか心配とかいうものはついぞ知らない家庭に，ぽっと生まれた僕ですからね．忘れもしませんが，幼年学校から家へ帰ってくると，下男が長靴を脱がせてくれる，僕は駄々のこねほうだいでしたが……」と想い出を述べる．

世襲・一代貴族身分は結婚によって夫から妻へ付与され，逆は成立しないとされる．したがって，母のみが貴族であるばあいには，子は貴族たりえない．

チェーホフの戯曲『かもめ』の女優アルカーディナは貴族であるが，キエフの町人身分だった俳優との間にもうけた息子の作家トレープレフはしたがって貴族ではない．

第3幕の女優と息子とのやりとりで，「お前こそ，やくざな茶番一つ書けないくせに．キエフの町人！ 居候！」と罵る．身分の引け目をもつ息子にすら容赦しない，親子でも特権意識丸出しである．

身分団体は貴族団で世襲貴族のみで構成される．

県の貴族団長は県知事に次ぐ位置を占めるとされていた．

農奴解放後のチェーホフの時代でも，農民に対して「お前らが人間かよ」（『奥さま』）などとわめき，医師に対しても『咲きおくれた花』では農奴の子の医師に対して公爵夫人は「ああ！ そこらの町医者が，人間の屑が，昨日の召使いが，

結婚を申し込みにくるなんて！」と差別意識をむき出しにする．

2）聖職者
（1）修道僧（黒僧　妻帯禁）
府主教，大主教，主教（以上僧正），大修道院長，男子修道院長，女子修道院長．
短編『僧正』の主人公ピョートルは貧しい田舎の補祭の子であったが神学校（セミナリア），大学（アカデミー）をへて，学位も取り，神学校長，修道院長，僧正（副主教）へと昇進している．
（2）教区司祭（白僧　妻帯義務）
① 首司祭，長司祭，司祭，
② 長輔祭，輔祭，下級寺僧
民衆と直接接する司祭の特権は兵役の免除で，すべての身分から聖職者への移行は可能であった．

3）名誉市民
貴族に次ぐ身分，大改革後は特権はなく，移動の自由に限定される（1832年創設）．
（1）世襲名誉市民
一代貴族の子，聖職者身分の子に自動的に付与，一定の教育資格，商工業顧問官資格，勲章・官位を得た商人などは申請による（横暴な土地の百万長者の世襲名誉市民を扱った『仮面』）．
（2）一代名誉市民
一代貴族・名誉市民の養子は自動的，高等教育機関の卒業者は申請による（学問によって手にした名誉市民の技師だが，工場に勤務する名誉市民の傲慢な男が素性を明かすと，卑屈になりへつらう男たちを描いた『誇り高い男』）．

4）商人
貴族，名誉市民，聖職者以外に許可され，前身分団体の脱退許可が必要出会った．
（1）ギルド商人
ギルド税の納入義務あり，第1ギルド商人，第2ギルド商人，第3ギルド商

人に分かれる（ギルド税の納入額により区別：1863年3ギルド制→2ギルド制へ，チェーホフの父はのちに第2ギルド商人）．

（2）名誉商人
8等文官に相当するとされる．
『辻御者』には名誉商人（商業顧問）が登場する．落ちぶれた御者が割増しを請求すると怒って断り，彫刻のある樫の扉の奥に消える．

5）町人
商人，手工業者からなる．町人も商人への移行可能となる．

6）職人
親方，徒弟．

7）農民
村団，郷（数個の村団）への登録が必要である．
離脱は分与地の放棄，無滞納，両親の同意，家族の生活保障，転入先の身分団体の保証など厳しい．したがって農民の身分のまま都会へ出稼ぎに行く（『村老』『百姓たち』）．
『村老』では出稼ぎに出て20年もなり，年収1,500ルーブルの工場の職工長は「戸籍の上じゃこの男は，むろん百姓も百姓，……見たところの様子は全ぜん百姓らしくねえ．20年の間に百姓臭さがとれて，人間に磨きがかかっちまった」
この職工長が帰郷すると農民たちから酒代をねだられる．職工長も義務を果たしたのに払ういわれはないと突っぱねる．
「ここの者だったらどうだと言うんだ．おれにゃ滞納金などないはずだ，……全部ちゃんと納めてある．それを今さら何だって払わなけりゃならねえんだ？」
20年も村を離れても農民の身分として税金を納めているのである．
村長は村会で選出，任期は3年，行財政の責任者，義務の施行の責任者である．
「村長はその若さにも似合わず，ひどく厳格であり，自分自身貧しくて税金も満足におさめられぬくせに，いつもお上の側につくのだった」（『百姓たち』）
その他地方行政は内務大臣 — 県知事 — 郡（市）警察本部長 — 郡（市）警察署長 のラインで行われた．郡（市）警察は警察業務のほかに，末端の行政機関として勅令・法規の周知徹底，パスポート業務，伝染病・災害対策，飲食店の

監督,住民調査,地方税の納入など多様な業務を果たしている.

警察署長は一定の不動産をもつ貴族のなかから採用された.

「旦那がやってきた ── 郡警察分署長のことを村ではこう呼んでいたのである.旦那が何の目的でいつやってくるかは,1週間前からわかっていた……国税や地方税の滞納額が2000ルーブル以上になっているのだ」(『百姓たち』)

2　異族人

1) ユダヤ人

15世紀にドイツのユダヤ人はペストや十字軍により東へ移動,ポーランドからリトアニアにかけて広く分布した.ポーランド分割により版図を拡大したロシアは領内にユダヤ人を多くかかえることになる(1897年の調査時に521万人／1億2,564万人).

ユダヤ人はユダヤ教信者を対象に居住区を決められ,多くの抑圧・差別を受けている.

ユダヤ教から正教へ改宗すると教師にもなれるようである.正教徒に改宗したユダヤ人の青年は「今はわたしだって正教徒ですから,教員になる資格があるわけです」(『コゴメナデシコ』)と言っている.政策的にあるいは強制的に誘導したのであろう.19世紀末には急激にロシア正教徒が増加している.

19世紀後半には徴兵制の差別撤廃,居住地制限も緩和,ロシア社会へ進出したが,差別意識は根強く残っていた.アレキサンドルⅢ世のユダヤ人迫害政策のもとで,居住地制限が強化され,暗殺にユダヤ人が参加したとの口実で,政府の指令によってポグロム[3]が発生している.

2) 異教徒

旧教[4],鞭身教[5]などロシア正教からの分派も差別されていたようである.

「〈どうしておじいさんだけ別に坐っているの?〉〈あの人は旧教だからさ〉……まるで弱点か,人知れぬ欠陥でもあばくような眼つきをした」(『曠野』)

強欲な老主人は鞭身教徒の仕立屋姉妹に,婚礼の晴れ着の代金を店の品物で支払いをする.「姉妹は,もらいたくもないステアリンろうそくやいわしの油漬けの包みを手に,浮かぬ顔で帰って行った.ふたりは村から出ると,丘に腰を下ろして泣き出した」(『谷間』)

第5節 その他

　官位制，勲章，決闘などチェーホフの作品に出てくる貴族に特有な事項について触れてみたい．

1　官位制

　ピョートル大帝により制定された官等表（1722年）は自らのアイデンティティーを示す重要な指標となる．
　『三人姉妹』では次姉マーシャの夫クルイギンは誇らしげに「クルイギン，当地の中学教師，文官7等であります」と自己紹介し，『パパ』では初対面の教師に「あなた，官位は何ですか？」「9等官です……もっとも，役職から行けば8等官にあたりますが．うむ！」．しかし官等表では最低の14等官である婚約者は「どこやらに勤めて，タバコ銭にも足りない程度の心細い給料をもらっている」（『婚礼の前』）のである．
　『婚礼の前』では婿（14等官）は，「あなたのお父さんは僕に，7等官だなんて言って，今になってみりゃ，たかが9等官じゃありませんか」とぼやく．
　チェーホフの作品には下級官吏（とくに14等官）の悲哀や人情の機微を扱った作品が目立つ（14等官：『釘の上に』『喜び』『勝利者の凱歌』『真相』『勲章』など）．
　また日常的に官等表による差別が行われているのであろう．
　『題のつけにくい話』では12等官が「例えばこの私は，12等官ではありますが，ここにおられる14等官の諸君に対して自分の権力を見せびらかそうなどという，見得をいささかも感じませぬ．と同時に，ここにおられます9等官や7等官の諸氏が，私をつまらぬうじ虫のごとくお見下しにならぬよう希望するものであります」と一席ぶっている．
　『官等試験』では21年間勤務後，14等官に推薦してもらうため受験，ガンジス川の支流の名を問うような，くだらぬ14等官への昇級試験（『官等試験』）や，その試験にも賄賂を使っている下級官吏の妻は「この人の一ばん低い官等試験だけでも，あたしには300ルーブルからにつきました！」（『最後のモヒカン女』）と愚痴を言う．
　その14等官はもちろん8等官でも内職しなければ生活は困難である．
　『でぶとやせた男』では，本省から地方へ係長として転勤したが，給料が低く，

内職に木製のタバコ入れを作っている8等官がいる．

久しぶりに出会った友人は3等官とわかり，急に卑屈な態度をとる8等官，しらけた雰囲気になる．5等官まで昇進しても「5等官の地位にありながら，タバコは二級品を吸っている始末ですし，……1ルーブルの余分も持ち合わせがないんですものね」（『余計者』）と生活は苦しい．それでもまじめに勤続年数による昇級をかさね「ずっと官職についていて，4等官にまでなりましたから恥ずかしくないつもりです」（『一等車の客』）胸を張る官吏もいる．

敬称も官等表のランクによりきまっており，「閣下」と呼ばれるには4等官以上でなければならないとされる（表1-2，14頁参照）．

『妻』では6等官（侍従の下役）の主人公が「私のことを皆が閣下と呼ぶけれど，そのじつ私はただの6等官の年少侍従に過ぎない」と述べる一方，『決闘』では「まだ5等官のくせに，助手や看護卒から1つ上の『閣下』という敬称をもって呼ばれたがる」主人公の友人，好漢サモイレンコ軍医がいる．

『最新書簡範典』では「上長者におくる手紙の時はこのほかに，官等表を参照して，受取人の名前の前に肩書きを完全につけなければならない」とチェーホフはからかっている．

2　勲　章

チェーホフは後年の学校建設の功労により，1899年12月皇帝から聖スタニスラフ勲章を授与されている．

彼の作品のなかに出てくる勲章について述べてみたい．

1）聖ヴラジーミル勲章

女帝エカテリーナⅡ世により創設（1782年）．叙勲者は世襲貴族の権利が与えられた．1900年第4等級の受勲者は一代貴族に変更された（『世間には見えぬ涙』『決闘』『頸の上のアンナ』『わが人生』）．

『決闘』では5等官の軍医が「結びリボンのついたヴラジーミル勲章の輝く胸をぐっと張って」見せびらかすが，『わが人生』では知事がつけているので上位の勲章なのであろう．

2）白鷲勲章

ポーランドの勲章だったが，ロシアに統合後1831年ロシアの勲章となった．

聖アンナ勲章より上に位置づけられる（『素晴らしきかな人生！』『女の幸福』）．

3）聖アンナ勲章

ピョートル大帝の娘アンナ・ペトローヴナにちなんで創設（1735 年）第 2 等級以下は下級官僚や士官も叙勲されている．

ロシア帝国でもっとも多くばらまかれた勲章という（『勲章』『いずれ劣らぬ』『女の幸福』『頸の上のアンナ』）．

『頸の上のアンナ』では夫が聖アンナ 2 等勲章をもらう．閣下に応えて言うには「〈は，そして只今は……〉彼は実は，小ヴラジーミルの出生をひたすら待つばかりでございます．畏れながら閣下に名付け親を願いたく……〉彼は実はヴラジーミル勲章のことを匂わしたのであった」とある．

4）聖スタニスラフ勲章

ポーランド王により創設（1765 年）．1831 年ニコライⅠ世によりロシア帝国の勲章として統合された．帝政ロシアのすべての勲章で最下位に位置づけられる（『ぬすびと』『会計係助手の日記から』『でぶとやせた男』『勲章』『新年の受難者たち』『ライオンと太陽』『六号室』『三人姉妹』など）．

この 4 種類で，勲章の序列もこの順位である（表 1-2，14 頁参照）．いずれも等級があり，1917 年の第 2 次ロシア革命で廃止された．

勲章は人に見せびらかしたいものであるが（『ぬすびと』『決闘』），ときに隠さねばならぬこともあり，その機微をチェーホフは巧みに描いている．

短編『勲章』は新年の食事会に出席する幼年学校教官が見栄をはってスタニスラフ勲章を借り，同僚の相手に気を遣う．相手はランクが上のアンナ勲章をつけており，さらに上のヴラジーミル勲章を借りればよかったという話．

余談であるがチェーホフがサハリン滞在中に日本の久世 原領事，杉山次郎事務官は聖アンナ勲章，聖スタニスラフ勲章を授与されて喜ぶ様子が描かれている（『サハリン島』）．もう 1 人の事務官鈴木陽之助からチェーホフに宛てた手紙が残っている．

チェーホフの日本の外交官に対する評価は高く，全体的に日本に対して好意的に描かれている印象を受ける．

ソ連崩壊前にロシアを訪ねたことがあったが，胸に何段もの勲章をつけた軍人がいたのでそばまで行って見ると，安物のブリキ細工にペンキを塗った感じ

の粗末な勲章だったのにはがっかりした．

3　決　闘

　ロシアでは決闘で斃れたプーシキン，レールモントフが有名である．

　チェーホフ作品の題名にもある『決闘』（1891年）や『三人姉妹』（1900年）では末娘イリーナに想いを寄せる男爵が恋敵から決闘で斃されているので少し述べてみたい．

　このような貴族の間での決闘はヨーロッパの風習を借用したものであった．

　1840年代においては雑階級が社会の舞台に登場したため，世論として決闘を受容しない傾向が強まった．1860年代には決闘の不承認がとくに広まったとされる．

　名誉をめぐる解決の方法であった決闘は，次第にそれ以外の方法で解決され，徐々に貴族の古めかしい気まぐれとして見なされるようになった．

　しかし1894年アレキサンドルⅢ世の時代に決闘は犯罪であるという前提ではあるが，軍隊内では容認されるとする法令が認可され，社会的にも議論を呼び決闘の数が増加したという．19世紀末の決闘は身分的なものから純粋に文化的なものへと転化した点が著しく異なる．最後の決闘の実践者はとくに作家がほとんどであったとされる（コルネーヴァ・スヴェトラーナ「18〜19世紀のロシアで行われた貴族の決闘と名誉」(2011)).

　かつての貴族の名誉に対する侮辱といった決闘から，『三人姉妹』では恋敵を「競争者の幸福を，僕は許しませんよ．……その競争者を僕はぶっ殺してやる」

　『決闘』では一方の当事者である動物学者は相手を社会的に有害な人物を排除する手段として決闘を買って出る．上述の文化的な性質をもった決闘に変化しているといえよう．

註

1）農奴制下の資本主義の発展の中から，新しい職業が要請され，教育の普及する中から階級の分解過程と各層間の移動が行われ，さまざまな身分に属する人びとが発生した．知識層をはじめ聖職者，商人，職人などを指す．狭義には弁護士，医師，教師，ジャーナリストなどの貴族以外の階層からの出身者で教育を受けた人びとをさす．

　チェーホフの作品にはこのような雑階級の小市民が数多く，さまざまな職種で登場する（教師，医師，技師，弁護士，判事，商人，官吏，僧侶など）．

　彼自身もまた第3章で述べるように，雑階級の出身であった．

2）「地方自治会」と訳されている．後記のように中央集権的な帝政による上からの改革で，地方自治的な性格が弱くロシア独自の形態であるが，教育と関係が深く頻繁に引用される．以下「地方自治会」とする．

3）19世紀後半から20世紀初頭にかけて行われたユダヤ人に対する集団的，計画的大量虐殺．

4）17世紀半ばのニーコン総主教主導による宗教改革に反発し，ロシア正教会から離脱した人びとの宗教というよりも儀式の相違であるため．古儀式派ともいう．

5）霊的キリスト教の一派で正教を自称せず，古い儀式を守ることもないため古儀式派には含まれない．最初に去勢派と分裂，際だった閉鎖性が特徴．

第2章　19世紀後半における身分制と教育

第1節　大改革期以前

1　教育をめぐる情勢

1) ロシアの後進性

冒頭述べたように, 封建社会にとどまる帝政ロシアでは国民の圧倒的多数は農民であり, したがって識字率はきわめて低かった.

貴族も農民も18世紀以降, 階層分化が進行しつつあった.

身分間の垂直移動, すなわち町人, 職人, 農民も中等・高等教育を受けて官吏, 貴族へと志向し, あるいは身分的には農民のまま, 出稼ぎ労働者となって大都会へ水平移動を行った. すなわち商人, 町人, 職人, 労働者となって都市の市民層を形成していった.

このような階層分化が知的要求をうながしていると考える.

2) ロシア正教と教育

18世紀初頭ピョートル大帝は教会を統括する頂点としての総主教制を廃止し, 複数の高僧により構成される宗務院を設置した.

これにより教会権力の弱体化をはかり, 同時に自らの体制内にくみ込んでいったのである.

1797年より皇帝は正教会の長として君臨し, 体制内で教会の保護, 育成をはかった.

すなわちロシア政府は政府の方針を徹底するため神による絶対的な権威を利用して, 初等教育を行おうとしたのである.

ロシアの教育（とくに初等教育）にはロシア正教の影響が大きいことが特徴とされる.

1836年聖職者の一般的任務として村落住民の子弟の学習にあたることを規定し, 教育内容は「神の法」（教理問答, 聖史）を中心とした.

19世紀前半には末端の教区司祭は単なる布教者ではなく, 下層身分の出生,

婚姻，死亡の登録業務を担い，巨大な官僚群を形成していたとされる．

　このようにして政府は宗務院を通じて，教会のみならず教会附属学校を通じて農民の支配をはかったのである．

3）身分制と教育

　先述のようにピョートル大帝はロシア国民のすべてに国家への奉仕義務を強要し，貴族には軍隊・官吏へ生涯勤務を強要し教育の義務を負わせた．

　ピョートルの改革は急速な西欧化のために直ぐに役立つ人材を求め，狭い技術の習得を目的にした．このために実科学校 ── 数学航海学校，砲兵学校，技術学校，外国語学校，医学校 ── が設立された．

　いわば実務型の専門家，技術者を貴族に求めたため，当初は貴族の抵抗にあった．

　このため市民層からの入学も，制限はありながらも可能であった．

　前述の官等表の制定により，身分・家柄よりも才能，年功，国家への貢献度で等級を付与したため，貴族以外の階層から官吏へ，貢献度によっては貴族への道が開かれていたのである（第1章）．当時は官等表により官吏の受ける利益は大きく，ロシアは官吏優先，官吏重視の社会であった．当初は貴族の教育の義務化に抵抗していた貴族は官等表の能力主義のため教育の必要性について重視するようになっていった．

　しかし貴族が求める教育や学校はまず貴族のためのものであり，貴族を再生産するものでなければならなかった．

2　初等教育

1）民衆の教育

　ロシアでは17世紀に入ると教会・修道院に付設される初等学校が増加した．
　これらの学校は基本的には聖職者の養成を目的としていた．
　このように聖職者の後継者の養成という閉鎖的な学校だが歴史的にはもっとも古い．

　18世紀ロシアの教育機関で多少整っていたのは神学校だけで，一般的な初等・中等教育はほとんどなかったとされる．

　「大改革」以前に教育を受けたインテリゲンツィヤに神学校出身者が多いのはこのためであろうか．たとえばノーベル賞受賞者で条件反射学を提唱した有名

なパヴロフやモスクワ大学の創設者である科学者・詩人ロモノーソフも神学校卒とされる．

そのほかロシアでは「読み書き学校」として，reading, writing, religeon (arithmitic) といったいわゆる 3Rs（スリー・アールズ）を主体とする庶民を対象にした学校があった．

もちろん義務年限もなく，設備は貧弱で規模の小さい，教授科目も宗教を中心とした神の法や唱歌などであった．当然教師は司祭など聖職者に限られ，彼らにに高い見識を求めることは不可能であった．

帝政政府は識字能力の向上を農民に対する政府の政策を徹底させる手段と位置づけ，この方針は以後も基本的にはかわっていない．

19 世紀ロシアの初等教育政策は「奨励と助成」．学校づくりは民間（教会，郡会，農村共同体）にまかせ，政府はこれの管理，監督にあたった．

初等教育にはその対象の広さから莫大な予算が必要とされた．エリート教育である大学・中等学校改革に予算を配分するために国民教育を切りはなし，農民の出費で学校建設，運営を行うよう指導した．

これも後述の改革期になっても同じである．

教区学校（年限 1 年）をすべての教区に設置したが，国庫からの補助はない（1917 年まで住民・地主の負担による）．これもロシアにおける初等教育の特徴とされている．

このことは後進国である日本やドイツが殖産興業，富国強兵のスローガンのもとに義務教育制度の実現に熱心であったのにくらべて異常ともいえる．

その後のロシアの教育制度の特徴はさまざまな制約をもちながらも，庶民が参入する可能性をもっていることが特徴である．

このように文部科学省のような学校教育を管轄する官庁は存在せず，軍事官庁，宗務院，宮内省などに分散していた．

塚本によれば農奴解放前の初等学校制度では

（1）教会教区学校（宗務院管轄）[1]
（2）教区学校（都市部教育省[2]管轄）
（3）村落学校[3]（領主地・国有地：教育省管轄，皇室領：皇室領庁管轄）

に分かれ，管轄もこのように分離していた．

1837 年国有財産省のもとで教区学校の普及開始．学校の維持は農民団体による（わずかな補助金），職員は教区司祭とその他の聖職者身分によるとされた．

教区学校も農民団体の維持により，教師はほとんどが聖職者に委ねられた．

農民も教育を宗教的行為として理解していたため受け入れやすかったとされる．聖職者は経済的にもわずかな宗務院からの賃金と寄付による収入にたより，教師として法的にも経済的にも保障されていない．

同時代人であるツルゲーネフ[4]は述べている．

「ロシヤでは聖職者は一般にその使命の重大性に応えるにはほど遠い状態にある．なかでも日々たえず国民大衆に接しているものたちは，かれらの職務の物質的な面，礼拝という外面的義務を果たすことさえも満足にやることがおぼつかないほど劣等な，卑しい地位におかれている．かれらの地位からいって信徒に道徳的影響を及ぼすことなどとても望めず，まして民衆の良心を導くなどまったく思いもよらないことである．ロシヤの主祭たちは無学だというわけではない．それどころか，かれらは大部分国民の一般大衆より教育があり，往々にして貴族と同じくらい教養をそなえたものさえいるのである．ここに指摘した不幸な状態は，むしろかれらが生活の糧をすっかりそれぞれの聖堂区の住民に出してもらっていることに由来する」（ツルゲーネフ「ロシアおよびロシア人」1962）

筆者はこのような聖職者の社会的地位の低さ，弱い経済的基盤が後の教師の低い社会的地位，低賃金のルーツをなすものと考えている．

農民教育の共通の課題としての宗教教育を普及するため，1836年より宗務院が教会附属学校の設立・普及を行った．

資本主義の発展とともに農民層は複雑に分裂し，教育への要求が高まった．

表2-1 改革期における初等・中等学校の階層別比率

学校種別	学校数	生徒数	身分別生徒数及び全体に占める割合				
			貴族官吏	僧侶	都市住民	村落住民	外国人
ギムナジア等中等学校	94	26,789	18,660	974	5,554	1,032	569
		100%	69.7%	3.6%	20.7%	3.9%	2.1%
郡学校	416	23,952	6,910	505	13,080	3,380	77
		100%	28.9%	2.1%	54.6%	14.1%	0.3%
教区学校	1,846	81,624	4,623	905	33,814	16,970	293
			100%	8.2%	1.6%	59.7%	30.0%	0.5%

資料：塚本智宏『19世紀ロシア身分制的学校制度の展開と再編』1995．

具体的には卒業者は兵役期間の短縮（3〜4年），体刑免除，徴兵や出稼ぎ時に識字が有利，宗教上も神の教えを習熟するため必要とされ，パスポート取得・住所届けに印紙不要などの理由で農村における学校教育への要求が生まれはじめた．商人にとってもギルド入会，商業許可証の取得に有利などの利点があった（青島陽子「農奴解放と国民教育」2012）．

下層の農民をはじめとする国民は教育の有無により社会的な差別を受けていたのである．このように農民の出稼ぎ，町人，商人層への移行などが識字への要求となっている．一方政府にとっては農民の側からの教育への要求であるため，経済的な支援を怠る理由にもなったと考えられる（表2-1）．

2）貴族の教育

教育省は1802年設立以来エリート教育の整備に携わり，農民の初等教育に関心が薄かったが，貴族の教育には力を入れ，義務づけた．

貴族の初等教育は制度的な教育が存在せず，上記の家庭教育や私塾，幼年学校のように初等教育をかねる学校も貴族の要求により設立されている．

ピョートル大帝の西欧化のための教育改革は軍事・科学技術を中心に行われ，その育成の対象を貴族の子弟に限定した．しかし怠惰で無知な貴族は抵抗し，入学者は少なかった．

したがって貴族以外の非貴族身分である聖職者，商工業者などの子弟を受け入れる措置をとらざるを得なかった．大帝にとっては，ロシア国民の大多数を占める農民の教育にはまったく関心がなかったのである．

農奴の入学は禁止されていた．

一方では富裕な貴族は子弟の教育のために家庭教師をおき，外国人の教師を雇うのが流行となった．貴族はこのように家庭教師による家庭教育や私塾による教育を好み，非特権階級の農民らとともに教育を受けることに抵抗した．

しかし次第に官等表による能力主義の評価もあって，能力の向上のためにも教育への要求が高まってきた．

すなわち彼らの子弟を平民出身者の軍人，官僚と区別し，特権を得るための学校を要求した．1731年幼年学校の設立をはじめ，砲兵学校，近衛学校など，エカテリーナⅡ世の設立した女子寄宿学校とともに西欧化の普及に貢献した．

ピョートル大帝の改革以後西欧文化が輸入されエカテリーナⅡ世の時代にはヨーロッパの文化の中心地であるフランスに対し憧憬を抱き，その宮廷文化を

模倣した（第1章）．

　貴族の会話にフランス語が交わされ，その身分を誇示した．筆者などもロシア文学を読んでいると貴族がフランス語で会話をしているので，なぜ母国語で話さないのか疑問に思っていた．チェーホフの時代にも続いていたのであろう．

　『睡魔』にはこんな場面がある．「おっかさんと妻はいつもフランス語で話しているが，話題が私のことに及ぶと，おっかさんはロシア語で話しはじめる．私のような冷酷で無情で，恥知らずで粗暴な人間などは，優雅なフランス語で話してもらう値打ちがないというのである」

　一方，貴族にはエリート養成の特権的学校があった．それぞれ有名人をあげると，海軍兵学校（クルーゼンシュテルン，プチャーチン，リムスキーコルサコフ），工兵学校（セチェノフ，ドストエフスキー），陸軍幼年学校，近習学校（ヴィッテ，クロポトキン）などがある．帝政の支配を徹底する官僚機構を整備するため，文官養成を目的とした教育機関も設立された．文官養成機関としてはツァールスコエ セロー・リツェイ（プーシキン），帝立法学校（チャイコフスキー）があり，いずれも各省庁の管轄にあり，特権的で教育省の管轄外にあった．

3　中等教育

　1804年，アレキサンドルⅠ世時代の学制改革によりはじめて中等教育制度が誕生した．「大学管下の諸教育機関に関する規定」いわゆる諸学校令により中等教育を行うギムナジヤ[5]はすべての身分に開かれた学校として構想されスタートした（表2-2）．

　このように中等学校は身分的には解放され，当初は無償の単一の中等教育機関として発足する．しかし貴族階級の抵抗のため，教科プランの改定，授業料の有償化，修業年限の延長，「農奴の子弟の入学禁止」などの法的規制によって下層身分出身者の入学を制限した．授業料は有償化のうえ，再三の値上げが行われた．

　帝政ロシアは国家による支配強化のため強力な官僚層を必要としており（18世紀の官僚の教育水準はきわめて低い），19世紀初頭から政府はこの改善をはかり，貴族層は大学・中等学校，諸学校の教育を受けるべきとした．

　このように一定の制約をつけながらも，次第に中等学校に上昇志向をもって都市住民が入学していた．上記のように帝政政府は支配維持のために官僚の量的拡大を必要としており，中間層が学校教育を受ける機会を得たことは，彼ら

表 2-2　教育省管轄の中等学生の出身階層（％）

年度	貴族・官吏	僧侶	商人・市民	勤労者・職人	農民
1) 男子ギムナジア					
1801	33.0	20	20.0	14.0	-
1826	69.5	3.2	15.2	8.0	-
1833	78.9	2.1	19.0		-
1843	78.7	1.7	18.6		-
1853	80.0	2.2	17.8		-
1863	72.3	2.8	24.9		
1865	69.6	3.6	23.0		3.8
1875	52.4	6.2	35.9		6.5
1881	47.5	5.2	20.6	18.7	8.0
1894	56.4	3.4	33.5		6.7
1899	49.8	3.8	37.5		8.6
1904	43.8	5.1	39.1		12.0
1914	32.3	5.6	18.7	26.9	22.0
2) 実科・学校					
1873	55.3	3.5	33.9		7.1
1875	49.8	2.9	39.3		8.2
1882	41.2	2.5	24.5	20.0	11.8
1894	37.4	0.8	50.3		11.5
1899	34.9	1.2	48.1		16.1
1904	30.6	1.7	46.9		21.7
1914	22.6	2.8	15.7	29.6	32.1

資料：長江好道「ツァーリズム下における中等教育政策の特質」1976.

の意識を高めて，インテリゲンツィヤ層を生み出すことになった．また大学，アカデミヤなどの高等教育機関の受け皿としての役割を果たすことになる．

しかし中等学校はさらに1850年代には前述の古典系，法学系の二中等学校に，実学系の一中等学校が加えられ再編が行われた．社会発展に対応した技術者の養成を行うと同時に，中等教育の階層化をはかるものとなった．

女子教育についてはスモーリヌィ女学院を頂点に，マリア皇后庁管下の女学

院は貴族子女を対象に開設された．

　帝政ロシアの覇権主義的な領土の拡張は民族の多様化を生み，異民族はロシア人よりも下位に置かれ，ロシアの宗教，言語などの民族的な伝統を異民族に強制している．

　このようにユダヤ人をはじめ異民族を身分的に差別してきたロシア帝国であるが，司馬遼太郎によればシベリアのブリアート・モンゴル人に対しては学校を建てている（1806年）．その後も露蒙学校として優秀な学者を出しているとのことである．自国では国民の大半を占める農民の初等教育を軽視しているが，辺境の異民族に対してはアメの政策として必要とされたのであろうか．

　司馬は「当時の日本は問題にすらしていない．松前藩は蝦夷地においてアイヌの学校など建てたことはない．そういう思想もなく，むろん型もなかった」ときびしい（司馬遼太郎「ロシアについて — 北方の原形 —」1989）．

　1828年法により，中等学校，郡学校，教区学校との連続性を遮断し，各学校を身分に対応させた．多少門戸を開いた中等学校に郡学校，教区学校を終えた生徒が殺到した．

　1849年には中等学校卒業時に14等級の資格が与えられた．

　資本主義の発展の中から新しい職業への要請，事務，法律家，教育者，医師，統計学者への要請が高まり，貴族による知識の占有がくずれ，先述のように雑階級が生まれていった．

　聖職者の教育は正教会聖職者身分はセミナリヤ（神学校）就学が義務づけられ，聖職エリートにはアカデミヤ（神学大学）があった（『僧正』では貧しい補祭の息子から神学アカデミアを経た副主教が主人公，『大学生』の主人公はアカデミヤの学生である）．

　初等主教学校（1721年）が開校され，主教学校の中から初等教育の教師の養成目的とされたセミナリヤには聖職者以外を受け入れた．このように開放されたセミナリヤはロシアにおいて中等学校の役割を担い，新しい知識人層を形成していった．やがて出現する高等教育機関の主要な学生供給源となった．

　先にあげた大脳生理学者のパヴロフも神学校出身の医師である．

　またチェーホフの作品には神学校出身の医師が登場するのもこのような事情からであろう（『わびしい話』『妻』『敵』）．このように身分ごとに教育機関が設置され教育システム上の著しい特徴となっている．

　その結果下層出身でありながら，下方に開かれた制度を利用して，中等学校→

第 2 章　19 世紀後半における身分制と教育　41

大学 → 国家勤務を経て世襲貴族となった例もある．
　この間に大学と附属中等学校が開設されたが，どこも学生が集まらず，学生の大部分は宗教セミナリアから集められるのが常であったとされる．

4　高等教育

　ロシアの大学は 18 世紀にペテルブルグとモスクワに設置された．
　当初は大学の規模は大きくなく，学生数も少なかった．農奴身分は大学入学は禁止されていたが，解放農奴には許可されていた．
　最大の理由は貴族が貴族に特権的な学校である幼年学校や前記の学校を好んだからであり，貴族は大学に対しては無関心，否定的な態度をとった．
　上述のように貴族は商人，町人，農民に開かれた大学よりも，外国人家庭教師による家庭教育や外国人の経営する私塾（私立パンシオン）で子弟を教育することを好んだ．
　1804 年「大学管下の諸教育機関に関する規定」が公布され，教区学校（各教区に 1 校以上，1 年制）－ 郡学校（県都，郡都に各 1 校以上，2 年制）－，中等学校（県都に各 1 校以上，4 年制）－ 大学（6 教育管区に 1 大学の設置）とされた．
　各大学で学んだ有名人は，ペテルブルグ大学（ツルゲーネフ，ボロディン，レーニン），モスクワ大学（レールモントフ，ベリンスキー，ツルゲーネフ，セチェノフ，チェーホフ），カザン大学（トルストイ，レーニン），ハリコフ大学（メチニコフ），デルプト大学（ピロゴフ），ヴィルノ大学がある．
　1818 年貴族にはモスクワ大学卒業者に 10 ～ 14 等官の任官資格が与えられていた．
　1835 年大学令では大学入学試験合格者および中等学校課程修了者とされ，身分規定はない．諸身分に応じて多面的な教育制度，身分的な再生産の場と同時に他身分からの移動，参入も可能としている．
　この背景には社会の近代化による教育，医療，学術など専門分野の人材への要求が不可欠の課題となり，大学教育の特権化が不徹底になったためとされる．

5　教師の状態

　先述のように，初期には学校といえるのは神学校のみ，聖職者が教師のルーツであった．

聖職者の社会的地位は低く，能力や資質に欠ける聖職者も多く，市来によれば無資格教師が大半を占めるとされる（市来 努「帝政ロシアにおける初等教育政策の成立と展開」1983）．

1837年国有財産省のもとで村落教区学校の普及開始．学校の維持はわずかな補助金と農民団体の負担によるとされ，教師はほとんどがこれらの聖職者に委ねられた．

ロシアの聖職者のかなりの者が無教養あるいは無学の状況にあって，ギリシャ正教会そのものがロシアの宗教的あるいは精神的文化の促進の担い手とはなりえなかったとされる．したがって基本的には人権が保障されていない非特権的階層にある農民，町人，商人などを対象とする教育に対する位置づけによるものと考えるが，上記のように教師の出身階層の低さ，聖職者の低賃金などがルーツとなって，その後の教師の社会的な位置づけの低さにつながっているものと考えている．

教師は法的にも経済的にも保障されず，女性教師が多かった．

女性教師が男性よりも低賃金で，危険思想の影響が少ないとの理由で多く採用されたという．

農奴の解放を中心とする大改革以前の教育の特徴は
1）貴族の教育が中心にあり，貴族社会を再生産するため，宮廷文化に必要な教育が重視された．
2）宗教教育が重視され，神の法を学ばせることにより政府の方針を理解，徹底するために教育が位置づけられた．
3）国家体制の近代化に必要な人材を広く求めるために，官等表に表れた能力主義により市民層にも教育の道が開かれた．このため雑階級などの新しい階層が生み出され，雑階級出身者が中等・高等教育を受け各分野に進出している．
4）軍事，工業，医学など実利的な技術教育を中心に推進された．
5）国民の圧倒的多数を占める農奴・農民について教育の対象から除外されているが，教育に対する要求が生まれはじめている．
6）女子教育についてはエカテリーナⅡ世時代にヨーロッパ最初の公立女学校が設立され，その後の女子教育にロシアは先進的な役割を果たした．

第2節 「大改革」期の身分と教育

1 教育をめぐる情勢

アレキサンドルⅡ世による上からの農奴解放をはじめとする大改革（1850年代末から1860年代初）により，ロシアの近代化はいっそう進行した．

学校建設，運営などはほとんど地方自治会にまかされ，地方自治会は農民の共同体にまかした．農民は二重の負担を蒙ったのである．

2 初等教育

1）学校管轄の統一

帝政政府は農奴解放後，農民をも対象に含めた学校制度の改革を行った．

1864年「国民学校令」を発布（1874年改正）．

青島によれば農奴解放によりこれまで細分化されていた御料地農民，国有地農民，領主地農民などを単一農民身分に統一した．しかし依然として貴族，官僚，僧侶の下位に位置する下層身分であり，担税身分であった．

同時に分割されて管理されていた初等学校は国民教育省の一元的に管理されることとなった．ただし教会附属学校は宗務院の管轄として残された．

1874年5月「国民学校令」で県・郡学校評議会議長に県・郡貴族団長を任命，直接貴族が初等教育にかかわるシステムになっている（青島陽子「農奴解放と国民教育」2012）．

2）初等教育の位置づけ

塚本によれば近代的な国民教育制度の基礎として，国民統合の一手段であると同時に，宗教・道徳教育が重視されたことは中央集権的な監視体制を確立するところにあったとしている．神の言葉を理解する必要，政府の指令，納税のため教育は必要として，政府は識字能力の向上を農民に対する政府の政策を徹底させる手段と位置づけたが，学校の設立や維持は下記のように地方に任せた．

3）学校設立，運営への消極性

政府の関心は貴族の教育を中心とする中等教育，高等教育にあり，国民の大

多数を占める農民をはじめとする非特権階級の教育には無関心であった．

同時に多額の予算を要することも政府に消極的態度をとらせたのであろう．

このような態度は当然貴族が主導権を握る地方自治会にも，国民教育に対する消極的な態度をとらせることとなる．

貴族，僧侶の参加を促し，国民教育に政府は資金を提供せず，都市・農村共同体に積極的に学校を設立させる具体策もとらなかった．

しかし本格的な初等教育へのとりくみは1890年代に入ってからとなる．このように初等教育の進展は遅遅としたものであった．

地方自治会には学校の財政面での発展に寄与する役割があり，郡学校委員会の許可の上で学校の開設，校地の調達，建設費の大半，暖房，照明などの施設，教具，教師の賃金などを担当したが，教育活動自体への関与は禁止されていた．

しかし上述のように，学校財政の大半を引き受けていたのは農村共同体であり，学校の建設，維持管理費への支出は二重の搾取であり，その上郡学校委員会，国民学校視学官の監視下にあった．

1860年代はロシアにおける解放運動が未曾有に高揚した時期であり，その運動の担い手が貴族から雑階級，農民へと移行した時期であった．

4）教育改革の成果と問題点
（1）非身分的学校として，女子を含む全身分に就学を可能にした
（2）地方自治会，諸団体，諸個人に学校開設の権利をもった
（3）宗教的・道徳的観念の確立を目的にした
（4）教会附属学校をロシア正教に権限委譲し，教育省の管轄から分離した
　　（宗務院管轄，教師資格に僧侶有利）
（5）初等学校は義務教育ではなく，中等教育への一貫性がない
（6）地方自治体が学校財政を運営する主体でありながら権限がない（県・郡学校委員会に行政機関，僧侶，警察が構成員になっている）

（海老原 遙「〈学校改革〉対教育運動 — 資本主義の発展時期における教育」1976）．

3　中等教育

1）全身分制

前述のように改革以前には身分ごとに通う学校が決められており，中等学校は貴族・官吏身分の子弟が優先され，すなわち貴族，官吏の上記のような再生

産の場であり，腐敗の再生産の場でもあった．
　このため授業料により中・下層の身分を排除していた．したがって上述のように文盲比率も高く，当時の農民の識字率22％（9〜49歳）とされる．
　農奴制と強力な専制政治といった前近代的な体制のまま，独自の中産階級の形成をみることのない中等教育制度は上からの改革として，専制政治と一体化してすすめられた．
　したがって一定の西欧の中等教育制度を導入するものの，政治的な後進性を残したままの改革となる．
　教育改革は全身分制のもっとも進んだ改革とされ，1864年の「中等学校・予備中等学校令」では「中等学校，予備中等学校に学ぶ者は門地や宗派の別なくすべての身分子弟とする」と明記されている（表2-2，39頁参照）．
　同じ「中等学校・予備中等学校令」により2古典語（ラテン語，ギリシャ語），1古典語（ラテン語）を教授する古典中等学校と実学のみの実科中等学校の3コースへ転換がはかられた．実科中等学校では大学への進学は困難であった．
　古典語中等学校の卒業生には大学進学資格が与えられ，チェーホフは2古典語のコースを修了，モスクワ大学医学部へ入学している（第3章）．

　2）古典語教育の重視
　中等学校ではギリシャ語，ラテン語などの古典語が重視された．
　古典語が重視された背景には，古典語の教養の有無が中産階級以上の諸階層間で人びとを差別化し，彼らの社会的地位を誇示する記号として機能したことにある．
　同時に青年にこの難渋な死語に意識を集中させ，唯物論的な考えや社会問題への志向を阻止して社会的批判を失わせる政治的意図があったとされる．
　一方では生徒の監視や管理強化にも利用された．
　古典中等学校では総時間数の40％以上を古典語が占め，中等学校への下層身分からの入学を抑制する目的で学力水準を引き上げ，それに向けた予備クラスを設置した．
　雑階級出身者の貧しい生活，強制される愚劣な規律と管理，革命思想の拡大を閉じこめるための無意味な古典語中心のカリキュラムなどに学生は不満を募らせた．

3）実学系中等学校の創設

1864年の改革により実学系の中等学校が創設され（のちに格下げ），商人，町人などの身分の子弟が多く通うようになった．

このため1864年，1871年の教育改革で古典系と実学系の西欧型の教育システムを確立し，専門職技術者の養成機関としての役割を果たすことになる．

このように商工業や中間階級の発達と彼らの子弟に対する中等・高等教育への門戸が開放されたことは，都市，農村の中間層における身分の上昇志向を喚起し，就学率の上昇，階層分化などの社会構造の変化をもたらしている（表2-2，表2-3）．

表2-3 教育省管轄中等教育網の拡大

年度	ギムナジア		実科学校		女子ギムナジア・準ギムナジア	
	学校数	生徒数	学校数	生徒数	学校数	生徒数
1825	60	14,000	-	-	-	-
1836	68	15,475	-	-	-	-
1846	76	20,669	-	-	-	-
1855	77	17,817	-	-	61	2,033
1865	96	26,789	-	-	120	9,129
1875	157	40,443	41	7,475	192	30,417
1881	213	60,800	87	19,482	259	46,791
1891	207	52,969	102	22,084	303	55,527
1894	207	54,590	102	22,672	306	55,866
1898	208	66,819	110	32,842	336	88,753
1900	212	71,584	111	37,924	368	107,769
1902	216	80,487	121	42,296	415	128,186
1904	223	89,966	141	46,835	499	157,444
1906	230	91,000	150	50,000	583	184,186
1908	283	106,000	176	59,000	657	215,000
1910	322	114,000	230	66,000	759	248,000
1912	391	128,000	270	75,000	899	290,000
1914	453	152,110	291	80,800	978	323,577

資料：長江好道「ツァーリズム下における中等教育政策の特質」1976．

同時に中等学校への下層民，ユダヤ人の進学抑制，予備学級への国庫負担の禁止なども行われた．

4　高等教育

1）大学の自治
（1）1863年「大学令」により大学の自治として学長（評議員会），学部長（教授会）の選任が大学へ移された．
（2）講座数，教授定員の増加がはかられ，学生数も増加した．

大学の自治の改善，奨学生制度の改善がはかられ，1863年大学令でも身分上の要件には触れていない．

とくに60年代の改革のなかで地方自治会が創設され，その中で医療活動が拡大し，医師への需要が高まった．身分構成では他学部以上に非貴族身分出身者の比率が高かった．

このような高等教育を受けた雑階級出身の教師，医師，裁判官・弁護士などの法律家，ジャーナリストなどの人びとは，身分制の残る社会で地方自治会などに就職し，困苦のなかで生活するようになった．チェーホフたち兄弟が中等学校から大学へ通うようになったのは社会の要請による一面がある．

2）雑階級出身者の増加
大学にも雑階級出身者の学生が増加してきた．19世紀後半から貴族・官吏出身者の医師の占める比率は低かったがこの傾向は改革後さらに強まった

3）女子の高等教育の進歩
1870年「女子中等学校に関する規程」により女子にも中等教育の門戸が開かれた．女性の教育への要求の高まりの中で1872年モスクワ高等女子専門学校が開設され，1876年にはペテルブルグにもベストゥージェフ高等女子専門学校が設立されている（第2章）．

4）学生と革命運動の高揚
都会のみならず地方から高等教育を受ける学生たちは，貴族出身者を含めて政治的にも反体制的な教育を受け，急進化していった．

大学については教育システムの中での比重が低く，中等学校に比し貴族・官

吏の占有は少ない．大学は諸身分者＝雑階級人が学歴や教員資格を手に官僚機構，教育・学術の世界に食い込み，身分移動や社会的地位の上昇を果たす装置としての役割とみなされた．

大改革は教育改革は身分的，エリート教育の学校は対象外，主として教育省管轄の学校を対象とした．1864年改革（中等学校規程）で制限付きではあるが全身分を対象にした（女子は1858年）（表2-3，46頁参照）．

一般民衆レベルでも教育への要求が増大，社会的にも統計，医療，教育，農業技術など各種の技術への要求と供給源としての中等・高等教育機関への期待が高まった．

5　教師の状態

農奴解放後においても，週1〜2回教会から司祭が来て行う「神の法」を必修とし，古典語の偏重，詰め込み主義と鞭による棒暗記主義の教育を行い，教師と生徒は内務省，貴族会の統制を受け無権利状態におかれていた．

初等教育を行う学校は年齢，修業年限規程がなく（地方自治会学校3年，地区学校2年），授業料は無料または有料とされた．

教師は僧侶については制限がなく，在家については郡学校委員会の承認が必要とされた．農奴解放により農民は単一身分となって，教区学校は教育省の管轄となった．

しかし教会附属の教区学校は宗務院の管轄として残された．

郡学校委員会は国民教育省，内務省（軍警察署長），宗務院，郡地方自治会（実質的に財政担当だが発言権は限定的）の代表で構成され，学校の開設，廃止，教師の任免について権限を持っていた．

初等学校は義務制ではなく，授業内容によって中等学校への継続性が保証されていなかったとされる．

第3節　反動期の身分と教育

1　教育をめぐる情勢

しかし変革を求める運動は1863年1月のポーランド蜂起，64年4月のアレキサンドルII世暗殺未遂事件（カラコゾフ事件）により「大改革の時代」は終

わり，革命運動もこれに対する政府の弾圧も激しさを増していった．

1866年，カザン大学生カラコゾフによる皇帝暗殺未遂事件が起こった．

この事件をきっかけに反動の時代がはじまった．

革命運動の温床と見られた高等・中等教育機関に厳しい弾圧が大学の自治権の剥奪，学生組織の禁止，学生への日常的な監視体制の強化などが強行された．

アレキサンドルⅡ世暗殺未遂事件により改革派のゴロヴニーンが引責辞任させられ，保守派のD.トルストイ（在任1866～1880年）に交代すると，教育の反動化がはじまった．

1870年代以降には，「人民の中へ（ヴ・ナロード v narod）」をスローガンとして，西欧よりおくれたロシアの近代化をはかるため，1873年から74年にかけて「大勢の有能な青年を農村に駆り立てる今日の風潮」（『恐怖』）となっていった．

ナロードニキ主義[6]を信奉する数千人の学生が教師，医師，准医師，看護婦（師），職人，行商人となって農村に入り，革命と社会主義を説いた．

農村共同体を基盤に，西欧的な資本主義を経ずに，直接社会主義体制をめざすロシアの現状を無視した理論に農民は動かなかった．逆に排除され，密告されたりして官憲の弾圧にあい，続々と逮捕され，流され，処刑されていった．

結局，この運動は失敗に終わり，多くの活動家が逮捕された．

バクーニン，ラヴロフらの人民派の失敗と衰退，農民がついてこないための焦燥感は，その結果としておこる展望のないテロに走る時代へと入っていった．

一方「人民の意志」派と分かれた「土地と自由」派はテロに反対して宣伝活動を武器とした．運動の敗北から生まれた虚無感，無力感から無気力，怠惰な「余計者」が生まれ，「大きな仕事（行い）[7]」である政治的な革命運動から離れていった．

テロを肯定する「人民の意志」派はついに1881年3月1日，アレキサンドルⅡ世の暗殺に成功する．暗殺されたアレキサンドルⅡ世の子，アレクサンドルⅢ世による反動政治が始まり，「小さな仕事」が多くの知識人の支持を得る．

「小さな仕事」は70年代に始まり，革命運動を否定し，もっぱら農民の文化啓蒙運動に重点をおいて活動した．地方自治会の活動目標である農村の医療，教育，統計，農事指導は彼らの文化・啓蒙活動と一致したのである．

「……自分の殻に閉じこもって，神の与え給うた自分の「小さな仕事」を果たすことです．これこそずっと実のある，正直な，健康なことです」（『イワーノフ』）

人道主義へのあこがれから，身の回りの「小さな仕事」に献身することにより社会改革をめざす方向へと分かれていった．多くの青年が教師への道を目指したという．

農民の啓蒙に重点をおくラヴロフらの一派の影響は『中二階のある家』の姉娘リーダに伺える．しかしチェーホフには政治的にも医療上も「大きな仕事」をなさなければ問題の解決は不可能であるとの意識があったように思われる．

「……その反面，かりにあなたが永い間，それこそ一生働きつづけて，結局何らかの具体的成果が得られたとしてもよ，いったいその成果が何だというの，家畜の群れのような無智や，飢えや，寒さや，堕落などといった自然の力に立ち向かって，いったい何ができるかしら？ 大海の一滴でしかないわ！ この場合必要なのは，もっと違う闘争手段なのよ．力強い，大胆な，迅速な闘争手段なのよ！」(『わが人生』)

『中二階のある家』での激しい論争もこの対立にあるといえよう．

主人公の画家は「僕に言わせればですよ，診療所とか，学校とか，図書館とか，薬局とかいうものは，現在の社会条件の下では，奴隷化に役立つだけなんです．民衆は太い鎖でがんじがらめにされているのにあなたはその鎖を断ち切ってやろうともせず，さらに新し鉄環を付け加えているにすぎないじゃありませんか，これが僕の信念です」．

これに対して姉娘のリーダは言う．「……自分にできることをしているんですもの，あたくしたちは正しいんです．文化人のもっとも高い，もっとも神聖なつとめは，手近な人たちにつくすことなんです」と「小さな仕事」の正当性を主張する．

しかしチェーホフは次章で述べるように，きわめて精力的に「小さな仕事」への献身活動を行うのである．超人的に仕事をしたと言える．

またチェーホフ自身は「大きな仕事」である政治的に民衆のなかに入ることはなかった．

医師としてもっとも思想的に近いと思われるピロゴフ医師協会にも大会には参加し，晩年にも大きな関心はよせているが会員とはなっていない．

暴力的傾向を極端に忌み嫌い，組織的活動にはあまり関心を示さなかったのかも知れない．観察の人であって，行動の人でないといわれるがとんでもない．

コレラ，飢饉対策などトルストイのように大規模ではないが，あの健康状態で本当に献身的に働いている．

晩年の『三人姉妹』『三年』『桜の園』などでも「われわれ皆の上に，どえらいうねりがせまりつつあり」「逞しい，はげしい嵐が盛りあがってもうすぐそこまで来ている」とある．

「はげしい嵐がすぐそこまで来ている」時代の割にはどこか冷めて見えるのは自殺企図の妻をもつ陸軍中佐，同じ貴族の中尉，万年大学生など語り手に生活の実感が薄いからだろうか．

チェーホフは作品に自らの主張を書き入れることを意識的に避けているといわれ，読者は多義的に解釈は可能となる．

こういうところがわれわれ素人には分かりづらい．

帝位についたアレキサンドルⅢ世は自ら反動政治の先頭に立って，暗殺された先帝が人民の要求に屈して行った農奴制の廃止，体刑の廃止，地方自治会（郡会）の設置などの改革の骨抜きをはかった．

国家秩序と治安に関する臨時措置法を公布，この法令により当局は疑わしい人物の逮捕と投獄，5年以内の追放と出版物の発禁処分が容易にできるようになり，ロシアはあたかも戒厳令下におかれることとなった．

進歩的著書を禁書に，言論弾圧により首都に自由主義的新聞はなくなった．

アレキサンドルⅢ世の治世は「暗黒時代」「ロシアの黄昏」と呼ばれている．

チェーホフはこのような時代に青年期を迎え，医学の研鑽をつみながら，作家として困窮の中から作品を世に出していったのである．

怠惰で無気力な余計者，たとえば前述の『桜の園』の主ラネーフスカ夫人の兄ガーエフが「わたしは80年代の人間だ．なるほど評判のわるい時代じゃあるが，それにしたってこうはいえるな．……信念のため僕だって少なからぬ苦痛をなめてきたんだとね」「評判のわるい時代」で「ロシアの黄昏」で暗くもっとも沈んでいた時代であった．

同時にロシアの新しい夜明けを準備している時代でもあった．

1890年農民を監督する地方政治主事（ゼムスキー・ナチャーリニク）制度が導入され，地域の行政権と司法権をもち，農民に対して地域の貴族が監督を行う制度が実現した．

農民を地方自治会から切り離すため，地方政治主事に広大な権限をもたせた．

農民は議員を選出する権利を奪われ，地方政治主事の推薦によって知事が議員を任命するようになった．教育もこのような反動化の影響を受けることとなる．

2）教育への影響

1870年代から80年代にかけての反動期には郡会（県会はほとんど教育に関して不介入の態度をとり，郡会に委任していた）の教育事業もいちじるしい打撃を蒙った．

前述のように初等教育の事業に関する支出の多くは郡会の中の農村共同体によって担われていた．学校の維持費や教師の賃金は農村共同体によって支払われ，郡会はその他の補助金を支出していたに過ぎないとされる．

チェーホフも郡会がわずかな金額しか出さない不満を述べる司祭を描いている（『悪夢』）．ロシア政府は正教精神による国民教育の拡大をはかり，教区教会を政府機関の最末端に位置づけた．1884年の「教会附属学校に関する規程」の制定以降は，教会附属学校への助成金が急増し，同年5,517校あった学校が5年後の1889年には17,715校に約3倍に増加している．聖職者学校の設立はその権威を高めるために設立された．

一方郡会の学校に対して，政府はきわめて冷淡で消極的な態度をとった．

反動期にも郡会は学校建設をつづけたが，学校建設は抑制され，その増加のテンポは改革期と比べて落ちた．

教区学校がすでに存在している村落では郡会による学校の建設を禁止し，郡会が存在しない村落では当然のこととして教会附属学校が建設された．

このように教会附属学校を郡会の学校に対置させてその発展を妨害した．

しかも教会附属学校の授業内容は前述のように，宗教教育が重視され講話，教会スラヴ語，教会用の唱歌などで自然科学や地理の授業はまったくなく，ロシア史に関しても宗教的，専制政治の観点からとりあげたに過ぎない．

このように次第に強まっていく学校建設への要求を，皇帝への忠誠と神への畏敬の観点から郡会の学校を圧迫した．

2　初等教育

1）初等教育の普及と農民の対応

改革期においても郡会の約1/3は初等教育の事業への支出はなかったとされ，再三述べるように基本的には政府の初等教育に対する方針にある．

しかし直接の対象は郡会にあり，消極的態度は郡会が貴族の指導の下にあったためである．このような基本的な姿勢がチェーホフの学校建設の障害となったのであろう．

「私には断る勇気がありませんでした．……郡会はわずか300ルーブルを集めましたが，学校を建てるのには3,000ルーブルかかるのです．つまり私は夏中，金のこと，金をうばいとることを考えています」(スヴォーリン宛1897年2月8日)．

「7月13日私が建てたノヴォセルキ学校の開校式，百姓たちから銘が入った聖像を贈られた．郡会からはだれも来なかった」(『日記』)．

農民は教育を宗教的行為として理解していた．教師として受け入れやすいのは聖職者であった．一方前記の識字による有利な条件とともに，農民の側からも初等教育への要求がたかまっている．ノヴォセルキ小学校の建設は農民からの要望にチェーホフが応えたものである．『職務の用事で』では「近ごろはこういう数字を書き込む用紙が，黄色いのや，白いのや，赤いのや，いろいろにできて，旦那や坊さまや金持ちの百姓は，必ず年に十ぺんぐれえは，やれどれだけ種を播いてどれだけ取り入れただとか，やれ裸麦がいくら，からす麦がいくらだとか，やれ乾し草がどうだ，というのは天気がどうだとか虫がどうだとか，そういうことを書き込まなくちゃならねえ」と政府の施策に応じる上での識字の必要が語られている．

しかし貧農にとっては学校建設の二重の負担は重くのしかかる．

一方では教育に対する要求と，学校建設，運営の経済的負担と賦役による身体的負担，教育に対する無理解が重なって『わが人生』『新しい別荘』では妻の学校建設に対する農民の不信，抵抗が述べられている．

農民の無理解による不信感は直接教育にたずさわる教師に向けられる．

「しかし，セミョーンが女教師の言葉を信じなかったのは明らかだった．百姓たちはもともと彼女を信じていなかった．彼らはいつも，彼女が月21ルーブルという法外な俸給(5ルーブルでも多すぎるのに)をもらっているうえに，薪代だの，守衛の手当だのと言って生徒から集める金の大部分を，着服していると思っていた」(『荷馬車で』)と農民の無理解に若い女教師は苦悩する．

初等教育は改革期を通じてもなかなか普及しなかった．

1880年における農村部における小学校数は22,700，生徒数は114万人に過ぎない．

1899年にいたって地方自治会が初等教育に力を入れ，政府がこれに対抗して宗務院の教会附属学校を振興したことで約7万5千の小学校(多くは4年制)，420万人の生徒数となったが，全学齢児童数の20％にも満たず(表2-4)，1903

表 2-4　初等学校の発展

	教育省管下		宗務院管下		総計	
	学校数	生徒数	学校数	生徒数	学校数	生徒数
1840	1,676	106,000	2,500	19,000	4,176	12,500
1850	3,674	181,551	4,610	88,512	8,284	270,063
1855	4,244	226,772	4,820	98,260	9,064	325,032
1865	9,329	283,237	21,420 ?	413,524 ?	30,749 ?	696,761 ?
1875	20,665	809,810	7,402	205,559	28,067	1,015,369
1881	22,781	1,207,435	4,404	104,781	27,185	1,312,216
1891	23,836	1,636,064	21,840	626,100	45,676	2,262,164
1894	23,883	1,576,062	31,835	981,076	55,718	2,557,138
1896	30,955	2,223,152	33,817	1,076,707	64,772	3,299,859
1898	31,418	2,241,209	39,345	1,425,036	70,763	3,666,245
1900	32,980	2,348,273	42,589	1,633,651	75,569	3,981,924
1902	34,916	2,565,206	43,588	1,770,703	78,504	4,335,909
1904	39,143	2,920,219	43,407	1,902,578	82,550	4,822,797
1906	42,753	2,983,749	41,233	1,998,327	83,986	4,982,076
1908	(46,000)	(3,400,000)	39,149	1,916,145	(85,000)	(5,300,000)
1911	54,986	3,484,590	37,460	1,783,403	92,446	5,631,993
1915	80,801	5,942,046	(34,000)	(1,900,000)	(116,234)	(8,039,987)

資料：市来 務「1864年ロシア初等国民学校規程に関する覚え書き」1981.

年にいたっても女子の就学率はさらに低く，男子の半数にも満たなかった（表2-5）．文教予算の国家予算に占める比率は2％前後であった（表2-6）．

　市来によるとチェーホフも参加して行われた国勢調査に示されている識字率は貴族，聖職者において高く，農民にいたっては1/3以下である（表2-7）．

第2章 19世紀後半における身分制と教育　55

表 2-5　1903年のロシアの小学校全生徒数

	男生徒	女生徒	%　男	%　女	合　計	%
文部省	2,416,085	944,082	71.90	28.10	3,360,167	62.87
宗務院	1,332,584	576,912	69.79	30.21	1,909,496	35.73
マリア皇后庁	5,978	9,424	38.81	61.19	15,402	0.29
慈善協会庁	1,300	1,690	43.48	56.52	2,990	0.05
宮内庁	522	359	59.25	40.75	881	0.02
内務省	2,551	1,122	62.49	27.49 +10.02	4,082	0.08
大蔵省	38　不明+409	38	50.00	50.00	76	0.00
海軍省	-	198	-	100.00	198	0.00
陸軍省	33,541	17,914	65.19	34.81	51,455	0.96
小計	3,792,599 +409	1,551,739	70.96	29.03	5,344,747	100.00
フィンランド	62,933	54,758	53.47	46.53	117,691	
合計	3,855,532 +409	1,606,497	70.58	29.41	5,462,438	

資料：竹田正直「20世紀初頭のロシアにおける小学校教師と生徒の状態」(1984).

表 2-6　教会附属学校への国家支出比

年	教会立学校への国家支出割合（ルーブル）	教会立学校数（校）	そこの生徒数（人）
1884	55,000	-	-
1887	175,000	15,471	408,721
1894	525,500	31,835	931,076
1895	875,500	36,836	1,116,492
1896	8,454,645	-	-
1897	4,954,645	38,475	1,338,598
1905	10,091,916	42,886	1,990,321

資料：霜田美樹雄「帝政ロシア末期の宗教政策」1969.

表 2-7 識字率（1897 年）

貴族男子	88.0
貴族女子	81.2
聖職者男子	96.7
聖職者女子	79.2
都市市民　男子	68.1
女子	40.6
農民　　　男子	36.7
女子	12.5

資料：市来 務「1864 年ロシア初等国民学校規程に関する覚え書」1981 より作成．

2）初等教育に対する監督の強化

　教育行政の面では貴族団長が郡学校委員会議長に任命された．このことは農民のための初等教育が貴族の監督下におかれることを意味している．

　教師の思想，行動，授業の精神に対する聖職者たちの監督も強化された．

　身分的にも不安定で，小学校教師をしていたチェーホフの弟のイワンはたまたま訪ねてきていた兄ニコライが壺を楽器のように鳴らして子どもたちを喜ばせた悪戯が教育上よくないという些細な理由で解雇されている．短編『運がない！』では郡会議長選挙に出る男が教師や医師など簡単に解雇できるとわめきちらす．

　1869 年トルストイ文相は視学官制度を発足させた．視学官は国民学校を監督するために各県に 1 名ずつおかれ，文部大臣の任命による．教育省を頂点にした初等教育行政を一元化，中央集権化したものである．市来によれば視学官は

　ⅰ）教師の資格，評価，任免など
　ⅱ）教授・指導
　ⅲ）教科書，図書
　ⅳ）施設，環境
　ⅴ）学校の開設，改善

などの監督を行う（市来 努「1864 年ロシア〈初等国民学校規程〉に関する覚え書」1981）．すなわち県下の初等教育に関する全分野，教員養成・研修，社会教育に関する最高権力機関として位置づけた．制度上は教育省が県・郡下の全初等学校を掌握したことになる．1874 年規定では教育長が新設され，視学官は 2 名として視学官は教育庁の指導監督下に入った．教育長が県学校委員会を，視学官

は郡学校委員会を指導監督し，初等学校設立・廃止の権限をもつとしている．

1871年以降は教育省管轄の学校は視学官に直接従属し，郡学校委員会はその他の学校だけを監督することになった．

視学官は教師に対する監督（一定の任免，解雇の権限をもつ），教授内容，教科書・図書，施設設備についての監督，学校の開設，閉鎖についても権限をもつなど管理体制は強化された（市来 努「帝政ロシアにおける初等教育政策の成立と展開」1983）．

「……それから視学官という職務を帯びているけれども教育方法の改善については心を用いず，ただ学区の同文命令を丹念に遂行することばかりに心をくだいているあの官吏」とチェーホフはきびしい（ゴーリキー・湯浅芳子訳「追憶」1952）．彼は郡会や視学官の怠慢，無責任に苦悩する女教師の嘆きを描いている（『荷馬車で』）．

3）教会附属学校への政府の支援

教会の直接の支配下にある附属教区学校は，ロシアでは最も古い歴史をもっているが，地域の聖職者のイニシャテイブが発揮され，系統的な組織も教科プランや教授科目もなかった．いわゆる「読み書き学校」である（第2章）．

授業の大部分が宗教的講話，教会スラブ語，教会用唱歌であり，教師は聖職者と教会師範学校卒業生とからなっていた．

教育内容も低く，修業年限も郡会の学校よりも1年短かった．

郡会の学校は1860年代から3年制を確立，90年代に4年制へ，教会附属学校は1884年の教区学校規程によりようやく2年制，90年代に3年制になったにすぎない．

70年代の人民主義運動に民衆の自主的学習の危険性を見た政府は，次第に地方自治会学校の敵視と教会附属学校優遇の姿勢を強めた．

このため1884年以降宗務院管轄の教会附属学校への助成金が急増していった（表2-4, 2-6）．

市来によれば教会附属学校の教育費の負担は教会関係の負担金（1894〜1895年度）が17.2％対し，村落共同体の負担は21.2％，国庫負担が21.8％となっている．地方自治会にはほとんど国家らの支出がない状態で教会附属学校への肩入れは異常であるが，それでもわずか1/5程度である．

さらに市来は「所管や設立・維持者の別を問わず，農民の負担なくして農村

初等学校は存在しなかったのであり，このことは農民の教育要求の根強さを物語っているといえよう」と述べている（市来 努「帝政ロシア初等教育の遺産」1987）．
　チェーホフは『悪夢』で政府（宗務院）の援助が少ない上に適切な指導がなされないことに不満を述べる司祭を描いている．

4）地方自治会活動の活発化
　一方地方自治会活動も対抗して活発化していった．
　教師の俸給の全額負担，師範学校の設立の準備，講習会の開催，卒業生に対する補習授業，教具の整備，図書館の設立などが行われた．
　このような反動期にあっても地方自治会が建設する学校数の増加率は低下したが，学校数は増加してる．
　1874年から始まる人民主義運動と呼応して学校教師となる青年が増加したとされる．

3　中等教育

1）中等学校への管理体制の強化
　1874年，政府は「中等学校生徒規則」「中等学校・予備中等学校生徒懲戒規則」を制定した．この時期に人民主義運動をはじめ革命運動の高まりに監視体制を強化した．
　校内での生活にとどまらず，自宅での起床時間，外出時の着服使用など細目にいたる監視体制を強化，懲戒についても監禁，退学，放校などが強化されている．さらに学生組織や政治的サークル，唯物論思想に関わることなどは禁止された．生徒に対する厳格な監視制度が確立され，教師の主な仕事は生徒に対する監督とされた．
　視学官の権限拡大して，直接的に学校の管理を強化した．
　教師の中には生徒への強圧的な形式主義がはびこり，生徒や仲間の教師を警察へ密告するような教師，短編『箱に入った男』の主人公ベリコフのような教師がいたといわれる．このような厳しい監督の目をくぐり抜けて，変装してまで劇場に出入りしたチェーホフもあっぱれである．
　圧迫にたえかねて『ヴォロージャ』の主人公のように自死をえらぶ生徒がふえ，文相トルストイは中等学校の生徒の身近に火器をおかぬよう親に求めたという．

2）古典語教育の異常な重視

　チェーホフは第3章で詳述するように，家庭的に不十分な勉学の条件のためギリシャ語で落第しているためか，外国語で不良成績をとった中学生を題材にしている短篇がいくつかみられる（『古典科中学生の災難』『演劇について』）．

　古典語が重視された背景には既述のように貴族や中産階級以上の社会的地位を誇示する記号として機能するとともに，青年にこの難渋な死語に意識を集中させ，社会的批判を失わせる政治的意図があったとされる．

　雑階級出身者の物質的に貧しい生活，強制される愚劣な規律と管理，革命思想の拡大を閉じこめるための無意味な古典語中心のカリキュラムなどに学生は不満を募らせた．

　管理体制の強化と合わせて古典語を重視して差別化が図られた．

　1871年の中等学校令改正によりすべての中等学校は古典中等学校へ転換させられ，修業年限が8年に延長された．すでに1869年にタガンローグの中等学校に入学していたチェーホフはこのため8年間の通学をすることになる（2年落第したため10年間）．

　翌1872年には実科学校に関する規程が出され，これまでの実科中等学校は中等学校の枠から外され別体系として位置づけられた．

　ラテン語，ギリシャ語の古典語は全学習時間の40％をこえ，ロシア語はラテン語の半分以下である．プーシキン，ゴーゴリ，ベリンスキー，ネクラーソフ，ツルゲーネフ，トルストイ，ゴンチャロフの作家の作品は青少年に有害であるとされ，除外された（表2-8）．

　生徒たちは文法の学習に，筆答問題に，文法的精密さやロシア語をラテン語やギリシャ語に翻訳することに多くの時間を費やした．古典文学の内容の豊かさや深さ，芸術的美しさは完全に無視されたのである（長江好道「ツァリズム下における中等教育政策の特質」1976）．

　1890年においてもドイツ語，フランス語の比率は比較的高まっているが依然として古典語の優位の状況にある．

　中等学校から大学にいたるコースでは人文的教養が次第に重視された．

　エリートの資格としての古典教養と位置づけられ，逆に古典語の習得が不首尾の場合にはエリートへの道からの脱落を意味するものとなった．

　いわば古典語が中下層選別のフィルターになっていたのである．

　授業時間の約半数を占める死語である難解な古典語の学習は機械的な暗記,

表 2-8　中等学校外国語教授時間（週）1890 年改訂

	二古典語	一古典語
神の法	13	13
ロシア語	24	28
論理学基礎	1	1
ラテン語	49	49
ギリシャ語	36	-
数学	37	37
地理	10	10
歴史	12	12
フランス語・ドイツ語	19	51
習字	5	5
計	206	206

資料：橋本伸也「帝国・身分・学校」2010.

難しい，無意味な試験，抑圧的な授業などにより学生の忌避するところとなった（古典語教師の不足のためロシア語に無知な外国人教師による拙劣な教授が多かったとされる）．

同時にタガンローグ中等学校もチェーホフにとっては家庭の専制主義よりもっと強い敵であったという．

チェーホフが中等学生の時代（1871～1884 年）は反動時代に入ったロシアでもっともきびしい時期で，古典語教育が仮借なく行われていた時代であった．

彼も古典語の学習に苦労し，1875 年にはギリシャ語の成績不良で落第を経験している．

3）実科中等学校の分離

実科中等学校を分離独立させ，授業内容で差別・格差を決定的にし，大学進学資格は古典中等学校に限られた．下層身分を高等教育から排除したのである（表 2-3，46 頁参照）．

「可愛い女」オーレニカは中等学校生の親たちの話を聴いたのか，中等学校の勉強の困難さや実科学校よりも古典学校が将来的には有利などと話題にしている（『可愛い女』）．

4）修業年限の延長と経済的負担による差別

修業年限も7年から8年に延長され，授業料の有償化とともに経済的負担のため，就学が困難となり中退者が増加した．その他の退学理由に政治的活動による退学のほか，古典語の過重負担による成績不良などがあげられる．

文相トルストイ後任のデリャーノフは80年代になってさらに反動化を強めて，授業料の引き上げ，御者，従僕，料理番などの子弟は中等・高等教育から排除する措置をとり，ユダヤ人の子弟はあからさまに入学禁止とした．

さらに予備中等学校（プロギムナジヤ）への国庫負担の禁止なども行われた．また父が授業料が払えなかったため，通学できなかったことを母エフゲーニャが訴えている．「アントーシャ（アントン）とワーニャ（イヴァン）はまる1週間家に閉じこもっています．月謝を請求されているのにお金がないからです」（兄アレキサンドル宛1875年10月7日）．

しかしより大きな社会的な変動である貴族の没落と中産，市民階級の興隆により，教育への要求は高まり，中等学校の就学者数は増加し，貴族・官吏の比率は1990年代末には再び低下したのである．いわば資本主義の発展に応じた中等教育への要求が政治的反動に抵抗した結果であろう．

拡大する官僚機構の整備に対して，流動する身分制が対応して貴族の没落，雑階級出身者の増加がみられ，貴族の独占が希薄になっていった．

このため中等学校の生徒数の削減が行われ，予備中等学校が閉鎖されたが，貴族の子弟は家庭教育で進学準備は可能であった．下級階層子弟の入学抑制を行うよう学校長への秘密指令が出された（1887年）．

この中でユダヤ人の比率を3～10％以下に制限するよう指示したとされる．

5）反動期における民衆の抵抗

1890年代のはじめには大学生からのはたらきかけや労働運動の高揚の中で，中等学生の非合法サークルが生まれ，全国的な組織化へと発展した．

タガンローグの中等学校も活動が盛んな中等学校であったが，チェーホフはそこに参加することはなかったという．

ロシアは経済的には飛躍の時期にあり，労働運動も高揚してストライキが頻発した．1898年に社会民主労働党が結成され，1903年の第2回大会で綱領を採択した．その中で勤労人民の教育的・文化的発展にとり専制政治が最も重大な障害であると指摘している．

具体的には「母語で教育を受ける権利」「教育と国家，学校と教会の分離」「16歳までの男女児童のための，無償・義務性の一般教育と職業教育」「貧困な子弟への食物・はきもの・参考書の国家負担による支給」など現在のわが国でも通用する民主的な要求を掲げている．

4　高等教育

1）大学の自治権の剥奪

1884年の大学令により革命運動の温床と見られた高等・中等教育機関にきびしい警察的統制が行われた．大学の自治を撤廃し，大学そのものを全面的に大学区監督官の監視下に引き渡す大学令は，文相トルストイの後継者デリャーノフによって制定された．

学長をはじめ学部長，教授にいたるまですべて教育省によって任命されることとなり，教育内容は教育大臣による許可制にした．教育課程の必修化による硬直化が進んだ．

2）学生に対する規制と入学制限

学生生活の細部におよぶ規制が著しく強化され，学生集会，学生運動，反政府的動学生団体は同郷人会や互助会のたぐいにいたるまで結成は禁止された．

1887年には中等学校と大学に対して，教育機会制限の措置がとられ，御者，従僕，料理人等の子弟を中等・高等教育から排除した．

チェーホフは3年前に大学を卒業しており，チェーホフ家の兄弟・妹にとっては幸運な時期に高等教育を受けていることになる．

3）雑階級出身学生の増加

高等資格を要する人材の需要は国家的な要請によるため，反動期においても大学拡張政策などのあいまいさをもっている．社会の進歩とともに国家の官僚機構の拡大，地方自治会設置（第1章）のために官僚をはじめ専門職への需要は増大した．

学生は大学における法学部のほか，地方自治会における教育，保健，統計，農業，医学などの専門職の教育を受け．それぞれの分野で活動を行った．

同時に実学である高等専門学校から工業，農業，商業などの分野の専門職者が官吏，医師，教師として活動した．

表 2-9　学部別大学生の出身階層

	史学・哲学	科学・数学	法学	医学
世襲貴族	174	447	625（35.0）	639（17.3）
個人貴族・官僚	216	413	465（26.0）	816（22.1）
僧侶	315	340	269（15.0）	949（25.7）
名誉市民・ギルド商人	59	146	191（10.7）	339（9.1）
下級商人・職人・労働者	74	192	142（8.0）	581（15.7）
農民	27	42	32（1.8）	132（3.6）
その他	49	52	66（3.7）	237（6.4）

資料：Frieden NM: Russian physicians in an era of reform and revolution, 1981 より作成．

　1880年，チェーホフが入学した年の記録では帝国大学総数8,193名中の医学部生は3693名で約半数を占める．学生総数で貴族出身比率は46.7％であるが，医学部では9.4％であった．ちなみに法学部は60.9％である（表2-9）．
　医学部では39.4％聖職者の子弟が神学校へ入り，神学校での自然科学をはじめ実社会に役立つ知識を教育され，医学に関心をもち医学部へ進学する率が高かったとされる．
　ノーベル生理学賞を受賞した条件反射学のパヴロフも神学校から医学部への進学者である．チェーホフの作品にも『わびしい話』『敵』『奥さん』などの主人公にみられ，『僧正』では主人公の僧正の甥は神学校から医科大学へ進学している．
　余談であるが，池田によると『イオーヌイチ』で主人公の医師イオーヌイチの名はイヴァノヴィッチの口語的な表現，もとはイオーナであるとされる．
　『ふさぎの虫』の主人公の馭者イオーナの名前にあるように，貴族でもインテリでもない雑階級，つまり近い先祖が農奴であって，イオーヌイチは雑階級出身であることを示すとある（池田健太郎「チェーホフの仕事部屋」1980）．

　4）学生の抵抗と弾圧
　アレキサンドルⅢ世の反動政治に対して学生運動や反政府的行動は高揚し，1890年ペテルブルグ・モスクワ大学生を大量に投獄し，1899年には臨時規則によりデモ参加学生の徴兵処分を行った．
　1901年1月，大学生を兵役に，キエフ大学，ペテルブルグ大学生を投じ，

表 2-10 教区学校における女教師の比率（1880～1911）

(%)

	1880	1894	1911
地方自治会立学校	27.5	41.4	62.2
地方自治会以外	10.8	23.9	35.8
ヨーロッパ	20.0	36.4	53.8

資料：Eklof B: Russian Peasant Schools. 1986 より作成．

1902年には大学，高専学生は労働者との統一行動へと発展した．

1900年から1901年にかけて創作された戯曲『三人姉妹』の中でチェーホフは「どえらいうねりや嵐が盛りあがってくる」と予感を語っている．

チェーホフも弾圧犠牲者の学生たちの救援活動にかかわることになる．

5　教師の状態

1）教師の社会的地位

反動政治のもととくに教師は厳格な監視のもと，生徒に対する監視制度を確立し，教育活動にかかわる教員会議の権限はすべて撤廃され，1860年代以前の水準にもどされた．資本主義の発達による都市人口の増加，低賃金（男女格差），政治的危険性が少ないなどが理由で女性教師が多い（表2-10）．

現在でも女性教師が98.9%を占め，世界でも第1位である．

チェーホフの弟イワンはヴォスクレセンスクの教会附属学校を解雇されている．次兄ニコライが壺を買い集めて小学校の庭に吊し，鐘のように鳴らして子どもたちを喜ばせたことが，宗教を冒涜するものとして学校主事を怒らせたためという．

『運がない！』では酒乱教師や社会主義者は見つけ次第解雇するといきまく貴族や，教師に対して賃金の遅配，授業への干渉や嫌がらせで退職を策謀する工場長が登場する（『女の王国』）．

2）教師の賃金

教師の賃金は低く，「従僕より安い教師の月給30rb」（『ランドー馬車で』）とあるように，月に20～30ルーブリ程度の賃金であったようである（『教師』『わが人生』『荷馬車で』『かもめ』）．女性教師はさらに低かった（表2-11）．

表 2-11　地方自治会学校の教師の賃金（1894）

	〜120	120〜180	180〜240	240〜360	360〜（ルーブル）
男性教師	6.9%	8.6%	25.9%	41.9%	14.7%
女性教師	6.4%	14.4%	36.4%	36.2%	6.6%

資料：Eklof B: Russian Peasant Schools. 1986 より作成．

　チェーホフの晩年において，バルト海沿岸部をのぞいてヨーロッパロシアで最も高い就学率を示す首都圏ペテルブルグ・モスクワでも就学率41.5 〜 44.3%（1903年）程度である（男女の比率は約7：3である）．農村部では14.2 〜 36.4%にとどまる（竹田正直「20世紀初頭のロシアにおける小学校教師と生徒の状態」1984）．
　女性の社会進出に，政府が思想穏健と低賃金を理由に女性を教師として多く採用する政策をとった．都市と農村の比較では1902年にニコライⅡ世が低賃金政策と政治的危険性がより少ないため，女性教師を優先的に採用すべきことを教育省に命じていたとされる．
　チェーホフの作品にも女性教師が描かれる（『生まれ故郷で』『荷馬車で』『中二階のある家』『三人姉妹』）．
　おくれて発達した資本主義国で，宏大な農村部を有するロシア帝国を反映して都市の教師は1/4強にすぎない．
　チェーホフがいたモスクワ県でも女性教師が多い．

3）多い無資格教師
　竹田によると無資格教師は教育省管轄では4 〜 5%であるが，宗務院管轄のいわゆる教会付属学校ではなんと44.6%におよぶ．
　無資格教師の93.9%は農村の初等学校である（都市6.1%）．
　司祭および教会と神の法担当者は通常，教師資格を有しないと考えられるので，これを含めると宗務院管轄学校の教師の75.3%に達すると推定される．
　反動期に帝政政府が熱心に拡大を援助した教会附属学校は，教師資格の面からはかくも粗雑な学校であったのである（竹田正直「20世紀初頭のロシアにおける小学校教師と生徒の状態」1984）．規模としても学校当たり教師数は2人程度で複数学級が多かった（表2-12）．

表 2-12　1903 年ロシアの小学校と教師

	小学校数	(%)	小学校教師数	(%)
文部省	45,235	(49.74)	109,631	(52.36)
宗務院	44,310	(48.72)	97,128	(46.39)
マリア皇后庁	312	(0.34)	887	(0.42)
慈善協会庁	44	(0.05)	167	(0.08)
宮内庁	18	(0.02)	36	(0.02)
内務省	94	(0.10)	249	(0.12)
大蔵省	3	(0.01)	6	(—)
海軍省	1	(—)	10	(—)
陸軍省	925	(1.02)	1,280	(0.61)
小計	90,942	(100.00)	209,394	(100.00)
フィンランド	2,115		3,463	
合計	93,057		212,857	

資料：竹田正直「20 世紀初頭のロシアにおける小学校教師と生徒の状態」1984.

『悪夢』では教師になった司祭を非難する場面がある．おそらく無資格教師であろう．のちに労働者，農民，教師たちが宗務院管轄の学校の閉鎖と地方自治体立学校を要求し実現させた．

第 4 節　その他の教育と施設

1　女子教育

ロシアは現在でも女性の高等教育を受ける比率が男性よりも高いとされ，医師や教師に女性が占める比率も高い．後進国であるロシアがヨーロッパ諸国にさきがけて女子教育にとりくんだ歴史を海老原，橋本らの著書を参考に紹介する．

1）貴族子女の教育
18 世紀半ば啓蒙主義の影響と下に女帝エカテリーナの時代にはじまる帝政期

ロシアの女子教育は貴族の特権として拡大した．

　1764年女帝エカテリーナの命により貴族の子女にたいし良妻賢母型の教育を行うことを目的としてスモーリヌイ女学院が開設された．

　貴族の家庭教育から閉鎖的な寄宿による学校教育を行い，教育内容もダンス，音楽，裁縫，などがあり，とくにフランス語による会話がもっとも重視されたとされる．

　このように知的教育よりも徳の教育が重視され，身分制原理が明らかな女子教育がはじまったのである（第1章）．

　すなわち圧倒的多数を占める農民をはじめとする庶民の子女の初等教育を放置し，あくまでも特権階級である貴族の子女の教育が目的であった．

　ヨーロッパにおける女性解放の影響はロシアにおける女性教育の拡大，女性の自立に必要なより高度の教育への要求となって発展した．

　1802年に教育省が発足したが，女子教育は管轄外とされ，のちに1854年マリア皇后庁の監督下すなわち女子教育が国家の管轄下におかれ，その後の女子教育の発展の契機となった．1858年，皇后庁管轄のマリア皇后庁女学校（モスクワ6校），教育省管轄の女学校が開設，急速な発展をとげた．

　貴族の子女は家庭教師によるか，全寮制の女子寄宿学校で閉鎖的な教育を受けていた．

　『女学生ナージェニカの夏休みの宿題』『旅中』では寄宿女学校（institutka），『女子高校で』『ピンクのストッキング』『父』『わびしい話』では全寮制学校（pansion）を卒業した女性が登場する．

　筆者には両者の区別が分からないが，中等学校程度の貴族の教育を行う学校であろう．

　余談だが作家ブーニンによればラフマニノフはこの短編『旅中』に着想を得て「管弦楽のための幻想曲『岩』作品7」を作曲したとされる（ブーニン「チェーホフのこと」2003）

　2）中等教育

　大改革の結果，解放思想の影響下に高等教育を受けた女子の苦難の歴史がはじまり，ロシアの近代化を推進する勢力と帝政政府のせめぎ合いの中で先進的な女子教育のシステムが築かれる．ヨーロッパにおける女性解放の影響により女性教育が拡大し，女性の自立に必要なより高度の教育への要求となった．

農奴解放は貴族の没落，貴族の階層分化をもたらし，中小貴族の経済的没落により都市へ流入，貴族の子女は働かなければならなかった．就労条件を改善するために専門教育の整備・拡充が必要となり，要求ともなった．

1870年女子中等学校にも国庫補助金が支出され，教職専門課程が設置された．

女子中等学校生徒は飛躍的に拡大し，教職志望者がもっとも多く，次いで医師であった．民衆のために役立つ，有用な社会的存在への志向が強かった．

1871年勅令により女性が社会に貢献し，生活保障のための活動として医療職，教師，通信業務などが指定された．女子中等学校は男子中等学校と異なり，官費による設立・運営は行われなかった．同年には教育省が女性に教職の門戸を開放している（表2-3，46頁参照）．

男子中等学校への身分的制限が強化されたが，女子中等学校の生徒数は飛躍的に拡大し，前記のように民衆のために役立ち，有用な社会的存在への志向がたかまり，教職や医師の志望者が多かった．教職ポストをめぐり競争が激化したため低賃金化をうながしたとされる．

教職就職者は増加したが，反動期の80年代に女子高等教育機関が閉鎖された．

3）高等教育

大学，高専への入学は不可能であった女子の高等教育についても，1872年モスクワ高等女子専門学校，次いで1876年ペテルブルグにベストウージェフ高等女子専門学校が開設され，メンデレーエフら進歩的教授が参加している．

これらの女子教育は西ヨーロッパの水準を超えるとされた．

女子の高等教育への要求が高まり，1872年ゲリエ女子課程と医学外科学アカデミー付設助産師課程（のちに女性医師課程）の開設を起点に，1881年ベストウジェフ女子課程（4年）が大学と同格に格上げして多彩な専門職の女性を社会に送りだした．

資金は自治体や民間から集めた．

チェーホフの妹マリアはこのゲリエ女子課程を終えている．

これらの女性に対する教育の普及は女性の自立をうながし，チェーホフの作品にも反映されている（第5章）．

母性主義的教育目標とそれを乗りこえようとする女性たち，先鋭化する女性にたいする国家の抑制にもかかわらず高度の学問志向と専門的職業へのあこがれ，民衆の間で働く意志を鍛える場となった．

4）女子の医学教育

帝政ロシアでは18世紀中頃に助産師学校がペテルブルグとモスクワに設立され，クリミヤ戦争時に組織された女性の活躍は外科医ピロゴフ[8]により高く評価された．

これにより医療分野への女性の進出は促進され，大改革の時代には開放精神に鼓舞された女性運動は高揚した．没落し貧窮化する中小貴族や官吏の子女は就労機会を求めて前提となる高等教育への要求が高まった．

1862年には医学外科学アカデミーが女子学生の聴講を認め，モスクワでも准医師学校が女性の入学を認めた．

医師の社会的地位の低さが女性の参加を容易にする条件になったといわれる．

多くの偏見や妨害を乗りこえ，1876年には5年制の教育課程となり大学医学部と同等化した．1878年最初の正規の医学教育を受けた女性が卒業したが，公的な資格・称号は与えられなかった．このため無資格で不安定な就労に甘んじざるを得なかった．

卒後は自由開業医がもっとも多く半数を占め，勤務医は各地の自治体病院，いわゆる郡会医が21.3％を占めた（男性医師の1.5倍）．報酬は格差が大きく，男性医師の2/3に抑えられ，業務量は男性の2〜5割も上回ったとされる．

1881年アレキサンドル2世暗殺後の反動化の中で，1882年には女性医師課程の閉鎖が決定された．ツルゲーネフをはじめ多くの識者の反対運動にもかかわらず1887年最期の卒業式を迎えた．その後医師不足の中で1891年の飢饉とコレラの流行は再度女性医師の養成の機運が高まった．1897年にはペテルブルグ女子医学専門学校が開校し，さらには男性医師との同格化と医師称号の一本化，学位の整備などが進んだ．さらに歯科医師，薬剤師などの医療専門職に女性が進出を果たしていった．

日本では1884（明治17）年女性に医術開業試験受験を許可，男性と同等の資格を与えることを認めた．荻野吟子が翌1885年医籍に登録され，近代的女性医師の歴史が始まった．ペテルブルグ女子医学専門学校が開校した1897年までに46名の女子学生が女医の資格を取得している（三崎裕子「明治女医の基礎資料」2008）．

3）女性の自立

チェーホフの作品には貪欲，陰険，愚鈍，厚顔，受動的，はねあがりなどの

女性が登場し（『浮気な女』『谷間』『イオーヌイチ』など），ソフィ・ラフィットによれば彼の女性不信をあらわすものとして，彼の人間嫌いである以上に女性嫌いであったとしている．

しかしチェーホフは学生時代に女性問題を科学的な方法で研究し，論文「性の権威史」を書くことを計画している．

「私は今一つのささやかな問題を研究しています．そして将来も研究するでしょう．それは女性の問題です．しかし，何よりも笑わないでください．私はこれを自然科学の基礎の上におき〈男女優劣史〉を仕上げようと思います」（長兄アレキサンドル宛 1883 年 4 月 17 ～ 18 日）．

すなわち生物の性差をダーウィンの進化論をふまえて，系統発生的に単細胞生物からヒトにいたる生物界のさまざまな形の性の相互関係を究明しようとしたのである．

すなわち性による優劣は一時的で，人間の男性優位を固定的にみる考え方に生物学的な根拠がないことを証明しようとしたが，試験が忙しく実現しなかったという．

ここにもチェーホフが歴史の軸を含めて，総合的に対象をとらえる視点を見ることができる．女性蔑視，人種差別などの思想が科学的な根拠がないことは現在では常識であるが，当時の科学水準で，唯物論者であるチェーホフは科学的な事実によってその思想を自分の身体に一体化しようと学生時代から努力していることは注目に値する．

兄アレキサンドルへも「いったいどんな権威が，兄さんに，彼女たちを奴隷あつかいしていいと認めたんだ．……教養があって，女性を尊重し愛している人間なら，……」（長兄アレキサンドル宛 1889 年 1 月 2 日）と忠告している．

「環境に忍従して，折れ合って，自分をほろぼす」と嘆く女流作家アヴィーロヴァの悩みに対して，チェーホフは「それが婦人の依存性，従属性なのです．それに対して断固反対して，闘うべきですね．それは前時代の遺物なのですから」と答えている（アヴィーロヴァ『私のチェーホフ』）．

前近代的な当時のロシアの社会において，このような科学的に裏付けられた人権感覚と知性をもった近代人としてのチェーホフを見いだすことができよう．

作品の中にも『わが人生』の主人公の姉は自立して小学校教師か薬剤師で働くことを希望し，『中二階のある家』では姉娘は「郡立小学校の女教員をして，25 ルーブルの月給をもらっていた．彼女は自分の身のまわりにはその金しか使

わず，自立の生活をしていることを誇りにしていた」とある．
　『知人の家で』では「仕事のシの字も知らない彼女が，今や独立独歩の働く生活にあこがれ，未来の設計を立てていた．——その心意気が彼女の顔にありありとあらわれ，自分が働いて他の人びとを助けるそうした未来の生活が，彼女には美しい，詩的なものと映っていた」，『かもめ』におけるトレープレフの恋人ニーナは決意する．「わたしきっぱり決心しました．賽は投げられたんです．わたし舞台に立ちます．あしたはもう，ここにはいません．父のところを出て，一さいをすてて，新しい生活をはじめます」
　『三人姉妹』では末娘のイリーナは電信局に勤めて夜遅くまで働いているが，「働かなくちゃ，ただもう働かなくてはねえ！　あした，あたしは一人で立つわ．学校で子どもたちを教えて，自分の一生を，もしかしてあたしでも，役に立てるかもしれない人たちのために，捧げるわ．……あたし働くわ，働くわ」と決意する．その他晩年の作品『いいなずけ』『かもめ』『桜の園』にも自立する女性が描かれている．
　事実にもとづき，女性蔑視の偏見を排したチェーホフは「将来も僕は，人びとを色分けしないつもりです」（クラフツオーフ宛 1883 年 1 月 29 日）と書き送ったことは前にも述べた．病人や子どもなど社会的弱者への献身，ドレフュース事件，アカデミー会員脱退事件，ユダヤ人支援など人種差別，思想差別に対する抗議など，後年の社会的な弱者に対する彼の姿勢には確固たるものがある．
　『わびしい話』では寄宿学校の養女について，「今日の男性が不幸を見た時に経験するもの悲しい同情の気持ちや良心の痛みのほうが，いたずらな憎悪や嫌悪よりも遙かに文化や道徳的な成長について雄弁に語っているように思う．
　今日の女性は，中世の女性と同じように涙もろくて情操に欠けている．わが輩に言わせれば，だから，女性に男性と同じ教育を受けさせようと勧告する人びとは，全く道理にかなった振舞いをしているわけである」
　『アリアドナ』では「まず，男性は彼等の騎士でもなく情人でもなくて，あらゆる点で同等な隣人であることは，お襁褓の時代から娘に吹き込んでやるのです．論理的に普遍的に思考することを教え，決して彼等の脳味噌の目方が男性より軽いとか，それ故に科学や芸術や，一般に文化の問題に無関心でいていいなどと思い込ませてはなりません」と言っており，同じ作品で「既に女性の間には教化と両性同権に向かっての燃えるような追求が見られ，自分はそれを正義への追求と承知しているが……」などはチェーホフの主張と一致するのでは

ないだろうか．

後年，女性の勤労と自立を扱った『三年』『知人の家で』『いいなずけ』『かもめ』『三人姉妹』『桜の園』のような作品が後期に目立つのは，ロシアにおける女性の社会的進出と活躍が顕著になった当時の情勢が反映していると考える．

彼の進取の気質は同時に近代人としての人権感覚にも表れている．

2　聖職者教育

1）低俗な聖職者たち

「教会は国家に農奴的に従属し，ロシア人は国家的教会に農奴的に従属した」（レーニン）

ピョートルⅠ世の教会改革と修道院領地の国有化で教会は自立性と財政基盤を奪われた．僧侶たちは政府による民衆教化の手先となされたが，その機能を十分果たさなかった．

無知蒙昧，職能上の能力の低さ，「強欲」で「酔いどれ」との評価，「身分全体として軽蔑されていた」ため，民衆からの尊敬を得られない聖職者に国家の意思に即して民衆を教導して，皇帝の権威を宣布する聖職者を育成する，いわゆる民衆を啓蒙することのできる資質をもった聖職者の育成することは重要な緊急の課題となった．

政府からのわずかな給与と教区民のお布施により生活し，その貧窮と無教養は農民からも蔑視されたという（『裁判』『手紙』など教養のない貧しい神父や補祭が描かれる）．

次にチェーホフの作品『裁判』『悪夢』『決闘』『僧正』にでてくる聖職者（主教，司祭，補祭）の教育について見てみよう．

1808年の改革で制度的に整備され，

ⅰ）聖職者学校　　郡学校4年，教区学校2年

ⅱ）神学校（セミナリア）　　4年　ギリシャ語，ラテン語必修　世襲化

ⅲ）神学アカデミー（神学大学）　　8年

とされた．実際にはさまざまなコースが存在し，身分制を構成していた．

2）聖職者の子女

絶対数少なく社会的評価もロシア社会における下級聖職者の社会的地位，威信の低さより低かった．改革後の教会附属学校における初等教育の教師として

比率は大きかった．1871年教育省が女性に教職の門戸を開放した．聖職者の子女の教育については宗務院管轄下に中等学校がおかれていた．聖職者の子女は絶対数少なく社会的評価もロシア社会における下級聖職者の社会的地位，威信の低さより低かった．しかし改革後の教会教区学校における初等教育の教師としての比率は大きかった．

3）神学校から大学へ

教区教会は政府機関の最末端に位置づけられ，聖職者学校の設立はその権威を高めるために設立された．

教育機関としては強固な身分的閉鎖性が特徴で，大改革による身分制の矛盾を大きくはらみ過激な学生運動，テロ行為の誘因となった．

貴族の特権的学校への入学が忌避され，空洞化が進行する中で，専門的知識を要する官吏，専門職，教師の人員確保のための神学校の比率は上昇する．

1840年神学校規則改定により農民生活に必要な実用的知識を重視し，古典語，哲学にかわって医学，農学などの実学を含む教育課程になった．

同時に神学校は貴族にとって評判が悪く，希望者の少ない高等教育機関，大学への学生の供給源の役割を担うことになった．

先述のようにチェーホフの作品にも『敵』『わびしい話』『咲きおくれた花』『奥さん』などの主人公の医師はこの過程をへて医師となっている（『僧正』では彼の甥が，番僧の倅『イオヌイチ』の主人公の医師もおそらくそうであろう）．

大改革にともないそれぞれの教育機関の修業年限も改訂された．

聖職者の子弟が世俗教育機関に流出し，中等学校や大学に聖職者比率が上昇した．聖職者学校の他階層への開放も行われるようになった．

4）学生運動の高揚

ロシアの国民教育は警察と宗務院の監督の下にあった．

警察の許可がなければ学校を開設することも，教師を任命することもできず，認可された学校も警察がそれを有害であると認定すれば存在し得なかった．

指導基準は反政府的行動・思想の有無，正教の精神の徹底，独裁主義・愛国主義の徹底にあった．

トルストイの後任のポベドノスツェフが宗務院総監に就任，神学アカデミーの自治原則を撤廃して道徳教育を重視した．

改革期には神学校から無試験で大学への進学が認められていたが，反改革期に入り神学校に語学試験を義務づけ，中等学校修了証書を取得することを義務づけた．この結果神学校卒の大学生が激減する．

抑圧的な反改革は革命思想，解放思想の高揚の中で学園紛争を呼んだ．

大学への進学が制約され，風紀引き締めの抑圧的な神学校に対する政策は解放思想，革命思想の普及とともに学校内の学生運動の高まりをもたらした．

人民主義運動に参加した学生の2割が聖職者身分離脱者といわれる．

このような学生運動の高揚は神学アカデミーでも見られた．

学生監視体制の強化が学生の学校改革要求をかかげたデモやストライキを呼び，第1次ロシア革命への高揚期へとつながっていった．

「革命が坊主の心を捕らえている」（チェーホフ）

教区教会は冠婚葬祭（懺悔，聖餐式，婚姻，洗礼，埋葬など），出生・死亡の記録，証明などの戸籍事務など国家・地方団体の末端の業務を掌握していた．

したがって国民の目には搾取者としての司祭がうつる，しかし国庫補助はわずかであった．

唯物論者とされるチェーホフは1901年5月女優オリガ・クニッペルと教会で結婚式を挙げているが，霜田によれば1898年7月レーニンも流刑地シュシェンスコエの教会でクルプスカヤとの結婚式を行ったという．

戸籍事務は司祭職の業務であり，正式の婚姻と見なされないためか（霜田美樹雄「帝政ロシア末期の宗教政策」1969）．

18〜19世紀にかけて版図の拡大によるカソリック信徒および異教徒の強制的改宗などで信徒数が著しく増大している．地方警察署長は犯罪防止と正教に反対する行動を監視する役割を担っていた．正教を信仰し帰依することにより官職，教育，居住などに有利なアメもしゃぶらされている．

国民教育における教会の課題として，ⅰ）正教徒の精神で教育を，ⅱ）これに従った教育原理・原則を，ⅲ）科学的知識の影響の除去・中和，とされ神の摂理が学校教育の中心に，宗教を教えることに最高の価値を与えた．

国民の教育水準の向上よりも，教会からの国家政策の徹底を重視したのである．頭の上に胃袋をおいた当時の聖職者の状態はチェーホフの時代においても大差はないようである．

『悪夢』では品性に欠ける聖職者が教師になることを非難している．

ロシアにおける宗教（ロシア正教）の位置づけについては第1章で述べたが，

初等教育以外にもチェーホフは父エゴールの関係で宗教的行事や聖歌隊などで強制的に参加させられている．

後年チェーホフは「少年時代に僕は宗教教育を受け，聖歌隊席で歌ったりコーラスに加わったりした時，並みいる人びとは僕を見て感動していましたが，僕はというと，自分を〈小さな徒刑囚〉と感じたものです．そして今の僕には宗教はありません．いわゆる宗教教育にあっては，第三者の眼をさえぎる衝立なしには何事もすまない．衝立の陰では，ひどい目にあわすけれど，こっち側ではにこにこ笑って感動している．神学校や宗教学校からあんなに多くの無神論者が出たのも，理由のないことではありません」(スヴォーリン宛　1892年3月17日) と彼が受けた偽善的で虚偽に満ちた宗教教育を非難している．

『コゴメナデシコ』ではユダヤ人の青年は「向こうでは民衆全体が貧乏で，迷信深くて，学問を嫌うんです……教育というものが宗教から人間を切りはなすからなんですよ」と科学的知識の除去を基本にした政策の影響を語っている．

郡会設立学校に対抗して急速に拡大し，1881年以来10年間で約5倍に増加している（表2-4, 54頁参照）．

ツルゲーネフが指摘したように，当時の司祭など民衆と接する僧侶の知的・道義的水準が教師として不適であることをチェーホフは描いている．

『手紙』には堕落した神父（牧師）の不行跡，貧困，僧侶＝郡小学校教師が，『三年』では虚偽の多い僧侶が「家には始終，僧侶だの修行僧だのがたずねてきたが，これも野卑で，かげひなたの多い連中だった．飲んだり喰ったりしては，好きでもない彼女の父に下品なお追従をならべてたるのだ」と述べている．

『わが人生』では僧侶も賄賂を要求し，『僧正』では大トラの神父も登場する．

前述のように『僧正』の主人公は貧しい補祭の子から神学校を経て，大学（アカデミア）を卒業し，学位も得ている．

3　工場内学校

次に短篇『教師』『女の王国』『往診中の一事件』『生まれ故郷で』に工場内学校が出てくる．荒又によれば労働者の子弟の教育ではなくて，1884年に小学校の1年級を終了していない労働者，すなわち年少労働者に教育の機会を与える法律が制定されたとのことである．チェーホフの時代にも3～20％の12歳以下の年少労働者が存在していたのである（表2-13）．対象の労働者に対して工場主は毎日2時間ずつ授業を受ける可能性を与える義務を負った．

表2-13 モスクワ県における児童労働（工場労働者としての入植職時年齢）

(%)

入職時年	6〜8歳	8〜10歳	10〜12歳	12〜15歳	15〜17歳	17歳〜	N
1898〜1908	0	0	0.5	18.4	48.0	33.1	41,415
1888〜1898	0	0.5	2.6	28.6	34.7	33.5	14,579
1878〜1888	0	5.1	14.0	36.6	18.3	28.7	8,483
1868〜1878	0.7	15.5	18.4	38.7	13.0	13.8	3,940
before1868	2.1	30.8	20.5	31.2	9.3	6.1	951

資料：Eklof B: Russian Peasant Schools. 1986 より

　学校が工場から離れた場所にあるときは，通学にもかなりの時間を要する．
　法案では工場から2ヴェルスタ（約2km）以内に学校がないとき，工場主は工場付属学校を開設せねばならないことになっていたが，工場主の反対にあい，単なる基準であって義務はないとされたた（荒又重雄「ロシア労働政策史」1921）．
　年少労働者は不況の影響とこの学校教育への配慮のため減少したという．
　『教師』では年俸500ルーブル支給されているが，工場主の無神経な発言で死を予感した重症（おそらく結核）の病に苦しむ工場内学校の教師の苛立ちと絶望を描いている．
　『女の王国』では工場長のナザールイチは教師に対して乱暴な態度をとり生徒たちの前でも横柄な口を利く，教師の社会的地位の低さが工場内学校にも反映されている．

4　日曜学校と無料学校

　チェーホフと直接には関係がないが，大改革期における民衆の知識欲の向上とこれに協力する進歩的な知識人の共同による運動に日曜学校と無料学校運動がある．
　1959年からロシアの各地で，平日に教育を受ける機会のない職人，労働者，農民に，日曜日の数時間を利用して読み書きや宗教教育を行った．
　この運動のはじまりはキエフ大学の学生やパヴロフ教授とされる．
　この開設にはキエフ学区総監ピロゴフが認可を下したのみならず，彼はこの学校の普及に努力して，自らも講師として積極的に活動した（図2-1）．
　ピロゴフは現在でも「ピロゴフ切断」として外科領域で名を残し，ロシアで

初めてエーテルで全身麻酔を施行するなど外科医としても著名であった．

　教育分野においても進歩的な考えで女子教育をふくむ教育の充実，識字率の向上，体刑の廃止，ユダヤ人差別の撤廃など社会的にも大きな貢献をしている．

　モスクワ大学の学生，教授もこれに参加し，一部は反政府的内容の活動も行われていたとされる．生徒の多くは都市に住む職人，徒弟であった．

　農奴解放後の農民の蜂起，学生運動の高揚，ポーランドの革命運動などに対して反動化に反対する学生が大量に逮捕され，講師が不足した日曜学校は急速に衰退していき，ついに

図 2-1　ピロゴフ

1862 年 6 月閉鎖されるにいたった（塚本智宏「ロシア農奴解放期における日曜学校運動と初等教育政策」1981）．

　カラコーゾフ事件当時は貧困層の子弟を対象に無料学校で教育が行われていた．困窮学生や自立を求める女子学生の仕事を与える場所として，もっぱら寄付により運営されていたという（下里俊行「カラコーゾフ事件とロシアの社会運動」1995）．これらの運動は市民層の教育への要求の高まりを反映するものであろう．

5　家庭教育

1）貴族の教育方針

　ピョートル大帝の治世以後貴族は戦時のみならず平時も武官または文官として国家に勤務する義務を負った．その一環として，教育機関への就学を義務づけた（第 2 章）．

　家柄よりも官位が重視されると，貴族はその子弟に教育を与え将来の国家勤務において昇進する有利な条件を獲得しようとした．

　同時に大帝の死後，貴族富裕層に対して家庭での教育が可能となった．

　その成果は査問制度によって確認された．このような制度を背景に家庭で教師，とくに外国人教師を雇用して子弟を教育するようになった．

　家柄よりも官位が重視されると，貴族はその子弟に教育を与え，将来の国家

勤務において昇進する有利な条件を獲得しようとした．

  2) 外国人家庭教師の優先
  当時の差し迫った家庭教師の需要にロシア人教師では不足していた事情もあって，貴族はとくに外国人教師を雇用する傾向があった．
  家庭教師には女性が多く，外国人の家庭教師も比較的多かったようである．
  チェーホフの短編にも鶴亀算も満足にできない家庭教師を見かねて父親が助け船を出す『家庭教師』や，ロシア語を全然話せない家庭教師（『アルビヨンの娘』）などあまり優秀・適格とは思われない家庭教師が登場する．

  3) 資質素養に欠ける外国人家庭教師
  教育への貴族の要求が高まり，ロシアにおける教師の不足から，外国人教師を雇用，小野寺によると教育経験はもちろん軍人や桶屋にいたる教育的資質や素養に欠ける家庭教師も採用された．
  家庭教師の採用に際して知識や適正を確認する能力がないまま，従僕，職人，脱走兵などの履歴も調べられず，外見で採用するた例もあったという（小野寺歌子「18世紀ロシアにおける外国人教師資格試験制度と貴族教育」2010）．
  トルストイの自伝的小説『少年時代』に靴屋，兵隊，脱走兵，職工だったと告白するドイツ人家庭教師が登場する（トルストイ・藤沢貴訳「少年時代」1971）．
  すぐれた教師に出会うのは偶然となり，無知で不的確な教師が教職に就く状況が生み出された．したがって当時の政府や識者には家庭教師に対する否定的な評価が優勢であった．

  4) 外国人試験
  1757年資格試験制度が発足した．
  母国語のみでロシア語も知らない教師もあり．試験施行後も資格の取得が絶対条件とは見なされていない．私立学校の統制のためには正しい教義に基づく宗教教育，規律の遵守，を優先した．
  このため資格試験制度が導入されることになる（1757年）．試験施行後も資格の取得が絶対条件とは見なされていない（小野寺 2010）．

5）社会的地位

『桜の園』のシャルロッタは配役に guvernantka，辞書には雇い女，女家庭教師とあり，池田によれば女の子のお勉強，お遊びの相手をしながら，それ以外にもいろいろな用事をする人で，下男，下女，小間使いよりもはいくらか立場が上といった程度であるという（池田健太郎「チェーホフの仕事部屋」）．このため上述の資格試験制度が導入されることになる（1757 年）．

しかし多数の無資格者が横行するようになった．

女性の家庭教師の給与は一般に低く，貴族から人格的にも軽視され，身分差もあって不当な対応もあったのであろう（『ぐず』『大さわぎ』『ジーノチカ』）．

チェーホフ自身も中等学校時代には両親がモスクワに去った後 3 年間も，家庭教師をして一家を支えている．

『家庭教師』には 6 ヵ月も給与の遅配で困惑するギムナジヤ 7 年生の家庭教師が描かれているが，屈辱的な家庭教師の経験をしたチェーホフ少年の姿であろう．

6　図書館

学校教育と直接には関わりがないが，チェーホフの人間形成に大きな影響を与えたと考えられる図書館について少し述べたい．

チェーホフはサハリンの学校をはじめ，教科書や図書を寄付していることが知られているが，故郷のタガンローグ市立図書館（1876 年 3 月開館）にも経済的に厳しい状況の中から多くの図書を寄付している．

チェーホフ自身創立されたばかりのこの図書館で中等学校時代にしばしば通い，文学的な素養を身につけていった経過がある（第 3 章）．故郷の図書館の充実に大きな関心をよせて旅先からも図書を贈ている．

公共図書館は 1830 年内務省による 52 県都（実績 29，50 年代にはわずか 7 図書館に）有料図書館の開設指示に始まる．

協会公共図書館（私人，啓蒙団体による開設），市公共図書館（1860 年代末には協会図書館は経営難となり市会，地方自治会の管理下へ移行）は以後常に当局の監視，統制下におかれる．1890 年代に入り啓蒙的な私人，協会の寄付金を元に全国に開設の機運が高まった．人民図書館（無料）が農村にも開設された（巽 由樹子「ロシア帝国の公共図書館」2008）．

註

1) 教会教区学校：訳書により異なるため本書では以下の如く便宜上統一した．
   　正式にはこのように教会—教区学校（tserkovno-prikhodskie uchilishcha）であるが管轄官庁が異なるため（教育省と宗務院），便宜上別の訳による呼称とした．
   　以下「教会附属学校」とする．
2) 教育省：正しくは国民教育省（ministerstvo narodnovo provesshcheniya）であるが，略して以下「教育省」とする．
3) 村落学校：教区学校（prikhodskie uchilishcha）を指すものと思われる．行政上の村単位ではなく，教区ごとに学校があった．宗教上の影響が大きいため以下「教区学校」とする．都市部の教区学校は「郡学校」とした．
4) ニコライ・イヴァノヴィチ・ツルゲーネフ（1789〜1871）：有名な作家イヴァン・ツルゲーネフの伯父．
5) ギムナジヤ（gimnaziya）：ドイツのギムナジウムからきた外来語（複数形：ギムナジア）とされる．わが国の高等学校程度まで含むが，以下「中等学校」とする．
6) ナロードニキ主義：革命による社会主義の実現，農村共同体と社会主義の結合，農民の革命性に対する主観的な高い評価，先進的西欧諸国に対するロシアの独自性の強調などを共通項とする活動とされる．以下「人民主義」とする．
7) 仕事：delo は「行い」とも訳されるがここでは「仕事」とする．
8) ピロゴフ，N. I（1810〜1881）：モスクワ大学医学部卒，2年間のドイツ留学後26歳でデルプト大学医学部外科学教授となり，後にペテルブルグ医科大学へ．1854年クリミヤ戦争では前線で活躍し，ロシア野戦外科の父として栄誉を与えられている．彼は1856年に論文「生活の諸問題」を発表して改革前の身分制的な学校を鋭く批判して，普遍的な人間教育に関する進歩的な思想によって，1860年代の社会教育運動が展開する契機をつくったとされる．
   　1854年オデッサ学区監督官へ任命された彼は中等学校における教員会議に大きな意義を与え，教育の自律性を強調し，また児童に対する人道的な対応を説いた．オデッサ知事は彼を自由思想を理由に退け，キエフ学区へ転任となった．
   　教師相互の授業参観や教師自身による教授法の研修を組織し，中等学校の課外の文学談話会を主催した．別項で述べたロシアで最初の日曜学校をキエフに開設したのも彼である．1861年彼が免職になったときには，ロシアの進歩的世論は大いに沸いた．
   　彼は1866年には職を解かれ，ウクライナの領地にうつりそこで死亡した（1881年）．帝政政府が身分制的教育と早期の功利的な職業教育とを理論的・実践的にも対処することを目的としたのに対して，ピロゴフは教育の理想に普遍的人間教育の思想を対置

して，職業教育のためにもその前提に幅広い一般教育が必要であると主張した．

　また高等教育についても大学の自治，専門学校における教授の自由を主張し，講義中心の授業から，教授と学生の談話，ゼミナール，実習，実験など学生の自主的活動を高める授業方法，形態を主張した．しかし自由主義的民主主義者であったピロゴフは女子教育について思想的には擁護したが，男女同権，女子の社会参加には反対したとされる．

　体罰についても1858年に論文を発表し，鞭打ちは非教育的であるとして，体罰はむしろ児童の廉恥心を損ね堕落させることから廃止を主張したが，その不徹底性についてドブロリュウボフら革命的民主主義者から批判された．

第3章 チェーホフが受けた教育

チェーホフに関する伝記は佐藤清郎，池田健太郎，ベルドニコフ，トロワイヤらの著書を参考にチェーホフが受けた教育について述べる．

農奴の孫として，極度の貧困の中から，文筆活動で家計を支えながら医師となり，作家としての活動はもちろん，結核と闘いながらサハリンの囚人たちの調査，コレラ，飢饉の救援活動，学校建設などの積極的な社会活動には情熱と強固な意志を要する．

筆者にこの偉大な作家の全貌など表す能力はなく，ただ彼の家庭環境，受けた教育と彼自身の努力について述べるにとどめたい．

第1節　家庭環境

1　父エゴール

祖父のエゴール・ミハイロヴィッチはチェルトコフ家の農奴として育ち，ウクライナ人シミコと結婚した．エゴールは不屈，頑固，俊敏な人といわれ，自らの労働への努力で3500ルーブルで農奴解放の20年前，1841年に一家の自由を獲得している．

「私の祖父は信念の上では勇敢な農奴だったんだからね」（妻オリガ宛1903年2月11日）

「チェーホフの才能や性格にはこの祖父から承けているものが大いにある」と訳者の湯浅は注釈で述べている（チェーホフ・湯浅芳子訳「妻への手紙」1955，以下「妻への手紙」）．

1825年生まれの父パーヴェルは16歳まで農奴の子として育った（図3-1）．

しかし学校に通い，読み書きや唱符やヴァイオリンを習っている．

聖像画も巧みであったとされる．芸術的才能はチェーホフ兄弟，妹に受けつがれていると言えよう（後述）．

チェーホフの母エフゲーニヤ・ヤコヴレヴナ（図3-2）とは1854年に結婚．

チェーホフは「才能は父から，心は母から」と言っていたとされる．

図3-1 父パーヴェル

図3-2 母エフゲーニヤ

強い抑制力を持つ意志の強さ,几帳面さなど兄弟の中でチェーホフがいちばん強く現れているようだ.

父パーヴェルは,家庭においては専横で暴力(鞭)を振るい,教会の聖歌隊に熱心だが形式だけの信仰,すなわち虚偽が重苦しく家庭を支配していた.『一家の父』『重苦しい人びと』『三年』に登場する父親などはチェーホフ自身の経験の反映であろう.

「私がまだ5歳にもならなかった時に,父が私を教育しはじめた,いやもっと簡単に言えば,私を殴りはじめたことを覚えています.毎朝目が覚めると,何よりも先に私は考えたものでした.今日も殴られるのだろうか,と」(シチェーグロフ宛1892年3月9日)

チェーホフの父は努力して自分の店を持ったのだが,教会の勤行,聖歌隊,選挙など外出が多かった.この店番やチェーホフが自分を「小さな徒刑囚」とよんでいた聖歌隊員としての不行跡に対しても,父から粗暴な暴力をふるわれていたという.

「私は宗教が怖いのです.教会の前を通ると,子ども時代が想い出され,恐怖におそわれるのです」(シチェーグロフ宛1892年3月9日)

しかし,店番により非常に早くから,実にさまざまなタイプの人間を観察す

る可能性を得て，観察者精神をそなえた少年の視覚的記憶と語彙を豊かにしていったのである．

チェーホフの長兄アレキサンドルの回想によると，居酒屋つき雑貨商の店は5時から夜11時まで開けており，チェーホフ少年は宿題もできず，睡眠不足で買い物客や酔客たちにつきあわされている．このため悪い点を取ると，またも父親の折檻が待っていた．

このような少年時代のチェーホフを「学校と店の掛け持ちでチェーホフはたくさんの変わり者を観察する機会を得ている」（アレキサンドル『チェーホフの少年時代』1970）と述べている．トロワイヤも「貧しいどん底の生活や怠惰や愚劣といったものを見るにはまたとない特等席にいたのである」と述べている（トロワイヤ「チェーホフ伝」1991）．

さまざまな職種が入り交じる居酒屋でチェーホフは細やかに観察していたのであろう．

結果的には後年のチェーホフの作品に登場するさまざまな性格と職種を観察する修練の場にもなったとの評価である．ただチェーホフは友人が一度も父親から暴行を受けていないのを聴いて驚いている．

「僕はあらゆる形での嘘と暴力を憎悪している」（プレシチェーエフ宛1888年10月4日）というチェーホフの激しい気質は父の暴力に根ざしているようである．

兄アレキサンドルに宛てた手紙で「専制主義と虚偽がお母さんの若さを台無しにしてしまったことをどうか思い出してください．専制主義と虚偽は思い出すだにひどく不愉快で，また恐ろしくなるくらい私たちの少年時代をゆがめてしまいました．食事のときに父が塩のききすぎたスープのことで一騒動をおこしたり，また母を馬鹿野郎と毒吐いたりしたときに私たちが感じたあの恐怖と憎悪がどんなものであったか思い出してください」（長兄アレキサンドル宛1889年1月2日）とかなり強い口調で父の専制主義への批判をおこなっている（図3-3）．家庭の中ではいつも父の体罰が掟となっていた．

「〈私の子ども時代には，子ども時代がなかった……〉アントン・パブロヴィッチは仕合わせな子どもたちを遠くから見ていただけだった．過去を振り返って，思い出すのも楽しい幼年時代，幸福で気ままで楽しい幼年時代は，彼自身一度も味わったことはない」（アレキサンドル1970）

また商店で培った実務能力は，後の飢饉時での募金活動にも反映されている（第4章）．

図 3-3　兄アレキサンドル　　　　図 3-4　妹マリア

　父は几帳面,誠実,潔癖,頑固であるが,発達してきた交通機関の影響,高いギルドの負担金や商才のなさもあって倒産する.

　妹マリアによると父は「……自由の身になるまでの青年時代は,やはり農奴だったのです.したがってきびしく荒っぽい家風は,父が子どものころに過ごした束縛と過酷な生活の名残りだったのです」(マリア・チェーホヴァ・牧原 純訳「兄 チェーホフ——遠い過去から——」1991,本書よりの引用は以下「妹マリア」とする)(図3-4).

2　母エフゲーニヤ・ヤコヴレーナ

　チェーホフの母は商人の娘で心優しく,上記のようにチェーホフは「才能は父から,心は母から」と言っていたとされる(図3-2).

　母はよく農奴の虐げられた生活を語って聴かせた.チェーホフ兄弟は,その話を聴いて,自分たちよりも不幸な人たちに,同情と愛を抱くようになったという.

　母は幼い頃旅先で亡くなった祖父の墓を探して南ロシアを旅したらしく,その体験談をチェーホフは興味深く聴いている.また母といっしょに一家で祖父エゴールのいるところへ南ロシアの草原地帯を荷馬車に乗って楽しい旅を経験

している.このような経験が後年の『曠野』の自然描写に生かされているという.

母親の影響を受けて,幼年時代から彼は人や動物に対する残酷な仕打ちに耐えられなかった.「とても小さかった時から母のよき感化を受けてきた彼は,動物を残酷に扱うのも平気で見ていることはできなかった.荷馬車の御者が馬をぶっているのを見ると泣きそうになった.それで人がぶたれると,彼は神経質にがたがたと震えるのだった」(アレキサンドル 1970)

のちに画家レヴィタンと猟にでて,撃ちおとした獲物のとどめをさすのに互いにゆずりあったというエピソードがある(図 3-5).

また短編『発作』には他人の苦痛を自分の心に反映させ得る主人公を描いている.このような資質をチェーホフは幼児期から持ちつづけていたのであろう.

図 3-5 レヴィタン.ロシアを代表する風景画家.チェーホフの精神的兄弟と言われる(ラフィット).

渡辺のいう「共苦」の思想にもつながる才能ではないだろうか(渡辺聡子「チェーホフの世界 ─ 自由と共苦 ─」2004).

1867 年,父親の夢もあってチェーホフ兄弟はコンスタンチン帝教会付属ギリシャ学校準備学級へ入学.

ギリシャ教会付属学校といっても教師は 1 人,しかも能力は高いとは言えない状態で,教育的効果はあまり期待できなかった.

生徒はギリシャ人が多く,会話もできず兄ニコライと落ちこぼれのグループに入れられてしまった.成績不振の 2 人に業を煮やした父パーヴェルはギリシャ語学校を退学させる.

このような家庭環境で育ち,タガンログの港町からの脱出・自由へのあこがれ,未来への期待を膨らませていったとされる.

第2節　少年時代

1　中等学校にて

　1866年皇帝暗殺未遂事件であるカラコゾフ事件後，帝政政府が国民の抵抗を圧殺する政策をとり，文部大臣を更迭してディミトリ・トルストイを後任に据えた．

　1869年予備中等学校をへて，チェーホフは二古典語系中等学校に入学した（図3-6）．修業年限8年制になっていた．

　学校は形式的暗記を主体にした語学教育（ラテン語，ギリシャ語，教会スラブ語，ロシア語）が主であった．牢獄のように職員の行動や生徒は家庭生活を含めて監視された．

　無学で賄賂をとる教師や，どの教室にも内蓋のついたのぞき穴があり教室内を監督でき，警察に密告されたりしていた．

　古典中等学校におけるギリシャ語，ラテン語の教育はチェーホフにとって，かなりの精神的苦痛であったようで，手紙や作品の中にも反映されている（『古典科中学生の災難』『演劇について』）．

　1872年数学と地理の成績不良のため落第，次いで1875年，ギリシャ語の成績不良のため落第している．ギリシャ・ラテン語などの古典語の教育，しかもその内容が文法などの無味乾燥な教科を丸暗記させる方法で，教師の暴力や監視も強化され，チェーホフの自由な精神には重荷であったろうと推察される．しかも1876年には父が破産したため一家は離散し，チェーホフはもとの下宿人の甥が幼年学校への入学試験準備の面倒を見ることで住居と食事を確保することとなった．

　しかし父の専横的な支配から逃れ，自由の身となったチェーホフ少年は図書館や劇場に通い，文学や演劇，音楽などの芸術に目覚めていく．

　勉学もすすみこれまで2度の

図3-6　タガンローグ中等学校

落第を経験していたが，タガンローグに一人残った卒業までの3年間に1度も落第していない．

牢獄のようなこの中学での経験はチェーホフに「私は今日になってもいまだにしばしば中学時代を夢に見ます．終えていない宿題だとか教師が呼びやしないかという恐れ……の夢です」(ビリビン宛1886年3月11日) と書かせている．

チェーホフ家に関していえば彼のすべての兄弟・妹が中等教育以上の教育を受けている．商人離れした父パーヴェルの強い意志と情熱もあるが，当時の身分制の排他性を廃止する制度の変化と教育の受け手側の経済的，社会的地位の獲得といった上昇志向・意識の変化，経済的な基盤の変動がこのような意識への反映とされる．

「父のあの，芸術を愛したり音楽や歌を好んだ性質や，はっきりした道徳観がいったいどこからきたものか，のちになって私は驚きの目を見張ったものでした．彼は自分ではまったく教育を受けたことのない人間でしたが，子どもたちにはなんとかして中学で勉強させようとしました．子女の教育にはまったく反動的な考え方をしていた当時の商人家庭のしきたりを思い起こしてみれば，私たちの父が同じ階層の他の人たちよりもどれほど進んでいたかわかります」(妹マリア)

ちなみにチェーホフの兄弟たちの学歴と職業を表3-1で示す．

「ぼくは宗教のなかで育てられ，宗教教育を受けました．ぼくはコーラスで歌いました……．朝勤行に規則正しく参列することを強いられました．鐘を鳴らし祭壇を整えることを手伝わされました．ぼくは子どものころを思いだすと暗い気持ちになります．今ぼくには全く宗教心というものがありません」(レオンチェフ宛　1892年3月9日)

表3-1　チェーホフ兄弟の学歴と職業

兄弟・妹	学　歴	職　業
アレキサンドル	モスクワ大学理学部・法学部	作家
ニコライ	モスクワ美術専門学校	画家
チェーホフ	モスクワ大学医学部	作家・医師
マリア	フィラレートフ女学校→ゲリエ高等課程	教師・画家
イヴァン	タガンローグ市立中等学校中退・教師資格試験合格	教師
ミハイル	モスクワ大学法学部	作家

表 3-2　中等学校時代の成績表

第 5 学年成績表.

科目	成績
神学	4 4 5 5
ロシア語・スラブ語	3 4 4 4
ラテン語	3 3 3 4
ギリシャ語	3 3 4 4
代数	2 5 3 4
幾何学及び三角	4 4 3 3
歴史	3 4 4 4
ドイツ語	4 5 5 5

第 6 学年成績表.

科目	成績
神学	4 4 4
ロシア語・スラブ語	4 4 3
ラテン語	3 4 3
ギリシャ語	3 3 3
代数	3 3 2
幾何学及び三角	3 3 3
歴史	4 4 3
ドイツ語	5 5 5
物理	3 3 3

卒業成績表.

科目	成績
神学	5
ロシア語及び文学	4
論理学	4
ラテン語	3
ギリシャ語	3
数学	3
物理学及び数学的地理学	3
歴史	4
地理	5
ドイツ語	5

ドイツ語が最優秀であることがわかる.
資料：佐藤清郎「チェーホフの生涯」1966.

　2 人の兄弟の店員アンドリューシカとガヴリューシカの見張り役としてチェーホフは朝 5 時から夜 11 時まで店番をさせられていた（遺言状でガヴリューシカの長女の学費を支払う約束を果たすように書き残し，彼の律儀さ，几帳面さを表す）．
　商店での早朝，深夜までの留守番と聖歌隊にかり出され，勉強時間なし，そのため学業不振，それを理由に父の暴力といった悪循環が現れる．
　3 学年（地理，数学）と 5 学年（ギリシャ語）で落第する（表 3-2）．
　商売不振と家の建築費がかさみ，1875 年ギルド商人から町人へ転落した（第 1 章），この頃月謝未納のため学校に行けず．
　「明日から来週が始まりますが，アントーシャは家にいます．やっぱり中学校にもっていく 20 ルーブルが足りないのです」（兄宛 1875 年 10 月 12 日）
　強い意志，忍耐力，弱者への視点はこの時期に形成されたと考える．

2　自然とのかかわり

　前述のようにチェーホフは幼児期に母から祖父の墓を探した長旅の話しを聴かされたことや祖父をたずねた楽しい家族旅行などの経験をしている．
　弟ミハイルによると旧下宿人の甥ペーチャ・クラフツオフの陸軍幼年学校入試のための家庭教師をつとめたチェーホフは夏休みにドン川の河畔の農場に招

待された.「そこで彼は鉄砲の打ち方を覚え,狩猟のあらゆる醍醐味を知ったのだし,またそこで草原の荒っぽい種馬を乗りこなす術を覚えこんだ」(ミハイル・チェーホフ『休暇中のチェーホフ』1970)

　医師になってからもペーチャのことを思い出してさまざまな絵入り雑誌の付録についている油絵風石版画を彼のところにおくっている.

　経済的な条件や健康のための理由もあるが,チェーホフには夏休みの農村暮らし,バブキノ,ボギモヴォ,メリホヴォ生活,など彼がもっとも好む釣りやキノコ狩りなど「血管の中に流れる百姓の血」が暖かく流れている.

　実際にチェーホフは農夫チェーホフとしてメリホヴォ,ヤルタへの移転の際には庭造り,リンゴ,スモモ,サクラ,スグリなどの植林,ときに農耕も手伝った.

　「アントンは少年のころから自然をこよなく愛していました…….魚釣りの好きなアントンはよく釣り道具をもってイストラ川に腰を据えました」(妹マリア)

　風景画家レヴィタンとは親密な交流があり,彼が愛した自然を媒介となしたのであろう.

　後年チェーホフはこう語っている.

　「わたしはいまもドネツの草原が好きです.ずっとむかし,わたしはこの草原にいるとまるでわが家にいるような気がしたものでした.そして,あそこのどんな丘や谷間でも知っていました.それらの谷間や竪坑やサウル墓場などのことをおもいおこし,プラトフ伯爵家のクリチンカやクレプカヤ地区をどんなにのんびりとのりまわしたものだったかをおもいおこすとき,タガンローグにひとりも小説家がいないこと,きわめて愛すべくまた貴重なこの材料がだれにも用いられないこと,それがわたしには残念で哀しくおもわれます」(ヨルダーノフ宛1898年6月25日)

　「いまプショール河畔の古い貴族屋敷の離れで暮らしています…….河は広々として深く,島が多く魚やエビもいっぱい,岸辺は美しく緑も豊富です…….昼も夜もさえずっている鶯,遙かに聞こえてくる犬の遠吠え,荒れはてた古い庭園,……」(スヴォーリン宛1888年5月30日)(図3-7,図3-8)

　さらに

　「自然は非常にいい鎮静剤です.それは心を和らげてくれます.つまり人を平静にさせます.ところで,この世では平静であることが必要です.平静な

図3-8　プショール河

人々だけが事物をはっきり見ることができるのであり，公正であることができ，働くことができるのです」
と自然の観察から実践への動きを示唆している.

図3-7　スヴォーリン

3　芸術へのめざめ

1）文学

1876年タガンローグ市立図書館が開館し，チェーホフ少年はここに通って文学への関心を高めている.

ストウ，セルバンテス，ゴンチャロフ，ツルゲーネフからベリンスキー，ドブロリューボフなどの著書や，のちに生活の糧となるユーモア小説も読みあさっている．1878年にはベリンスキー，ゲルツェンなどの革新的な著作の閲覧が禁止された．

ドストエフスキー，トルストイほか思想書にはチェーホフの閲覧記録がないとされる（図3-9）.

2）演劇

「以前はわたしにとって劇場に坐ることより大きな喜びはなかったものでした」（スヴォーリン宛1898年3月13日）

演劇などの鑑賞は父兄同伴とされていたが，チェーホフは1人でも変装して通って，帰ってからも巧みに俳優の真似をしてみんなを笑わせたという.

図3-9　図書館　　　　　　　図3-10　劇場

3）音楽

　父エゴールはヴァイオリンを演奏，教会の合唱隊を指揮，イコンを巧みに描いたとされる．兄ニコライはピアノをよくし，リストなどの難曲も巧みに演奏したという．
　チェーホフ自身は楽器には馴染まなかったようである．
　芸術家には分野を超えて共通の感性があるのではないだろうか．
　青年期にサラサーテと交流があり，画家はレーピン，レヴィタン，音楽家はチャイコフスキーが家に訪ねてきたり，ヤルタではラフマニノフ，シャリアピンと交流があった．タガンローグ市立劇場で古典作品のピアノ，シンフォニーの演奏（フリッシュ教授と門弟による），タガンローグ市立公園での演奏会にいつも出かけている．音楽はチェーホフを涙せんばかりにゆりうごかした（セマノヴァ「チェーホフ研究入門」1954）．
　「チェーホフの全生涯が音楽をともなっていた．音楽はチェーホフにとって必要不可欠であり，無限のインスピレーション源であり，高度の創造的喜びをもたらすものであった」（バラバーノビッチ・中本伸幸訳「チェーホフとチャイコフスキー」1971）．
　チェーホフの作品には背景に音楽がなっていることが多い．作曲家もベートーヴェン，ブラームス，グノー，ショパン，シューマン，オッフェンバッハ，もちろんチャイコフスキーなど多彩である（図3-10）．

第3節　モスクワ大学医学部

　無事にタガンローグの中等学校を卒業したチェーホフは家族のいるモスクワへやって来た．タガンローグ市の奨学金を得て，モスクワ大学医学部をめざして友人二人を下宿人として連れてきたことにも表されているように，現実に生きぬく力をたくわえているのである（図3-11）．

　母思いのチェーホフは「早く，タガンローグで学業を終えて，どうか早く来ておくれ．我慢ができないくらい待ちかねているのだよ．きっと医学部に入っておくれ」とチェーホフの母は1979年に手紙で訴えていることも影響したであろう．

　根底にはこれまでの貧窮の生活から少しは安定した生活をチェーホフ自身も望んだのではないかと思われる．ただ当時の医師は一部を除いて社会的な評価も低く，経済的にも恵まれていなかった．また人民主義運動が逮捕，投獄，処刑などの弾圧にあい，暴力を極度に忌避するチェーホフは意識的に文系の学部を避けたのかもしれない．

　また店の酒場で多種多様な人びとを観察したように，医師であれば彼の作品に登場する多職種の人物と接触が可能であると判断したのかもしれない．

　医学部志望の理由に祖母の遠縁にペテルブルグに高名な医師がいて，チェーホフの職業選択に影響与えたとする説がある[1]．

　実学である医学はロシアに特有の「余計者」とは遠い位置にある．「医師になることは，余計者にならずにすむことなのだ．有意義な学問と結びつき，治療を通して民衆と直接につながることができるのだ．医学は彼の良心なのだ」と佐藤はいう（佐藤清郎「チェーホフの生涯」1966）．

　医学の講義や影響を受けた教授についてはミエーヴェ・拙訳「チェーホフと医療」に詳しい．

　医学生チェーホフはザハーリン教授(内科学)，チミリャーゼフ教授(植

図3-11　モスクワ大学医学部（現モスクワ大学外国語学部・筆者撮影）

図 3-12　ザハーリン教授

図 3-13　チミリャーゼフ教授

物生理学)の影響を受けている（図 3-12，図 3-13）．

　また当時の新しい医学であった精神科学と衛生学を積極的に学び作品や調査に生かしているため簡単に紹介する．

　チェーホフは内科学教授のザハーリンの講義に熱中し，患者の現病歴，正確な分析，患者のおかれた環境，職業，心理状態など患者を総合的に把握する姿勢の影響を受けている．

　チェーホフは教授から患者を単に身体的にとらえるのではなく，心理的・社会的さらには歴史的にとらえることを学んだ．

　ザハーリン教授は確固とした予防医学の提唱者でもあった．

　19 世紀後半には結核菌，コレラ菌，チフス菌などの感染症の原因が次々と発見され，また免疫療法も発展している．チェーホフは卒業してからも多忙な生活のなかから，モスクワ大学のザハーリン教授の講義を大きな関心をもって聴講していた．大学を卒業して 3 年後にも結核が悪化しているにもかかわらず，チェーホフはとくに尊敬するザハーリン教授の講義を聴いている（1884 年 11 月最初の喀血）．

　ザハーリン教授の講義を聴講して，彼はレイキン宛に書いている．

　「私は健康でありません．まる 1 週間全身がだるく，鈍い痛みがありました．

今日はザハーリンの「心臓梅毒」に関する講義を受けてきました．1時間半もしないうちに，私はキエフまで歩いて行ったみたいに疲れました」(レイキン宛1887年1月26日)

チェーホフはダーウィン学説の積極的な普及者であるチミリャーゼフ教授の影響を強く受け，後年にいたるまで深い尊敬の念を持ちつづけたとされる．

彼は社会的，民主的活動によって反政府的な教授や学生たちをひきつける中心的な人物であったとされる．

「チミリャーゼフ —— この人を，私はたいへん尊敬しており，また愛しております」(妻オリガ宛1902年2月2日)．後年，妻にこう述べている．

ほかにもロシアの夜明けを迎えて，自由と民主主義のために先駆的な活動を行った教授たちは多く，医学部だけでもエリスマン教授(衛生学・後述)，フォフト教授(病理学)，ガブリチェフスキー教授(細菌学)が大学を追われている．

このような時代が作家チェーホフの科学的精神の形成に役立っている．

第4節　新しい医学への挑戦

1　精神医学

1869年モスクワ大学医学部は最初の臨床神経疾患の講座を設立，コジェヴニコフ教授がその指導に当たった．彼の後任には弟子のコルサコフが主宰している(図3-14)．

コルサコフ教授は唯物論の支持者であり，精神医学は脳の身体的変化であると彼の著書「精神医学講義」に述べている．彼は患者をベッドに縛りつけ拘束衣を被せる従来の治療法に反対し，「患者を拘束衣から解放すればするほど，医師は解放される」と「非拘束」のシステムを提唱した．チェーホフに影響を与えた精神科医にコルサコフの弟子ヤコヴェンコがいる．彼は農村で社会的な視点で精神医療にとりくみ，社会精神医学を提唱していた．チェーホフは患者を通じて，彼から多くのことを学んでいる．

現在の生活臨床，地域精神衛生活動にあたるのであろうか．当時としては画期的なとりくみと考える．

筆者は佐久総合病院でインターン(実地修練)を行ったが，当時精神科の実習は2週間に義務づけられていた．統合失調症の治療に生活臨床[2]を提唱して

おられた群馬大学の江熊要一助教授が佐久病院まで指導に来ておられた．

残念ながら江熊先生にお会いする機会はなかったが，酒席で精神科の医局長の話に共鳴して，軽率な筆者は酒の勢いを借りて精神科に入局を希望した．

その後患者さんたちといっしょに院外に散歩に出たとき，「先生たちは病気だけでなく，患者の背景までも理解して治療に当たらなければならないのでたいへんですね」とある男性の患者さんから声をかけられた．なぜか急に眼の前の課題がとてつもなく大きく見え，ひるんでしまった．大切なことを患者さんから教えてもらいながら，その後10年近く回り道をすることになる．

図3-14 コルサコフ教授

チェーホフはコルサコフ教授（1854～1900）の「精神病学指針」も早速買って読んでいる．このほかにもチェーホフはクレペリン，クレッチマー，フロイドら19世紀後半に活躍した精神科医の業績を読んでいる．

『六号室』『黒衣の僧』など精神疾患を題材にした作品の執筆に際してはコルサコフ「精神病学指針」を参考にし，科学的にも正確を期した．

当時の精神医学は内科などの他科との関連はもたず，医療スタッフが不足する中で，医師は病室を訪れることもなく，野蛮な処置がなされていることにチェーホフは『六号室』で抗議していると考える．初期にもチェーホフには『精神病者たち』『発作』『イワーノフ』のような作品があるが，このような彼の努力は『わびしい話』『六号室』『黒衣の僧』『往診中の一事件』として実を結ぶ．

さらに彼は当時としては先駆的な心身症についても題材にとりあげている（『受難者たち』『往診中の一事件』）．

チェーホフは人にも精神病学の研究を勧めている．女流作家シチェプキナ・クベルニクに「もしも真の作家になりたいならば……精神病学を研究しなさい――これは必要なことですよ」とすすめている．

2 衛生学

チェーホフの医師としての科学的,衛生学的活動に影響を与えたのはロシアにおける社会医学,衛生学の創立者の一人,エリスマンである(図3-15).

1866年,ペッテンコーフェルがミュンヘン大学に世界初の衛生学講座を開設し,上下水道の整備により感染症の拡大を防いだ実績をつんでいた.

エリスマンはこのペッテンコーフェル教授の下で研究後,1875年モスクワ大学に帰った.

彼は1879年の初めから彼はモスクワ県の工場施設の保健衛生調査を行い,その結果はロシアの進歩的な社会集団の大きな関心を呼んだ.

図3-15 エリスマン教授

この業績はレーニンやプレハーノフの人民主義批判に利用されている.

1882年エリスマンは後に衛生研究所となるモスクワ大学医学部衛生学講座の教授となった.ここに重要な価値のある研究が行われ,講義のための衛生学のほか,環境衛生,労働衛生,食物栄養学,疫学,社会衛生学などを含んでいる.

サハリンへの旅に際して,チェーホフはエリスマンの「衛生学の諸問題」を勉強し,調査用のカードを作成して約1万人の囚人を調査している.

エリスマン教授は政治的理由で逮捕された学生を支援したという理由でモスクワ大学を追われている.

3 サハリン狂

チェーホフはサハリンに関する著書,文献,資料を集め丹念に読み込んでいった.サハリン開拓史,経済学,地理学,植物学,動物学,土壌学,気象学,天文学,航海術などを勉強し,さらに日本を含む隣接地域の歴史,随筆,旅行記まで読んでいる.学生時代に講義を受けたエリスマン教授の著書「衛生学の諸問題」も読み通した.

系統的な資料のために,チェーホフは労作で1889年に出版されたニコリスク「サハリン島と脊椎動物の諸相」,タリベルグ「流刑地サハリン」(1879)の著作

を文献目録で利用した．チェーホフが書いた文献の写しは，別のノートにあり65篇にのぼる．

しかし旅行までに集められたタイトルはほとんど2倍になるという．

サハリンの徒刑に関する医学的な著書は少なかった．

アフグスチノヴィッチ「サハリンに関する若干の報告」(1880)，シンツオフスキー「流刑，徒刑囚の衛生事情」(1875)，シチェルバーク3)「流刑，徒刑囚とともに」(1891)（図3-16），ドブロトヴォルスキー「サハリン東南部の戦争医学的報告の抜粋」(1868)，ヴァシーリエフ「サハリン紀行」(1870) などを参考にしている．

図3-16 シチェルバークの墓
（筆者撮影）

発病率，死亡率その他の医学的な報告は刑務所管理局の報告から，その他の島の行政報告，様々な公文書による報告から，チェーホフはサハリン滞在中にこれらを糸口にして読みとっていった．

以前から知られていたニコリスク「タンボフ県の住民と病人」(1885) とグリャズノフ「チェレパヴェツキー県の漁民の生活・衛生状態と地勢医学との比較研究試論」他，はサハリン島の旅の後で活用した．

科学文献と出版物を除いてチェーホフは文学的著作，ドストエフスキー「メルトフ家のメモ」，ウスペンスキー「一つずつ」，コロレンコ「サハリン島の人びと」，ガルシン「平凡なイワノフの回想」を読み通した（ミェーヴェ・拙訳「生涯と作品におけるチェーホフと医療」2016）．

4　外国語

1）ドイツ語

学生時代から表3-2（90頁参照）の成績表にあるように，優秀な成績をおさめている．さらにサハリンでの調査に備えて，シーボルトの「日本」を読み，間宮林蔵が現在のタタール海峡を発見したことを述べている（長瀬 隆「日露領土紛争の根源」2003）．

当時は第1章で述べたようにドイツ医学からの影響が大きかったため，医学

生時代にかなりの原書を読んだものと推定される.
　ただし会話は苦手のようである.
　　「……どんな言葉でもしゃべれますが,外国語だけはからきしだめ.外国でドイツ語かフランス語を話すと,たいてい車掌が笑いだします」(ソボレフスキー宛 1897 年 8 月 19 日)
　後述するようにチェーホフ最後の言葉とされるドイツ語の「Ich sterbe 私は死ぬ」はチェーホフにとって難しい言葉でもなんでもない.妻オリガがドイツ語が苦手といったのはチェーホフ自身が述べているように会話が苦手の意味であろう.

2) フランス語
　フランス語についてはモーパッサンのロシア語訳をよみ,拙劣な翻訳のため自ら翻訳を試みようとしたとされるくらいであったとされる.
　1897 年ニースで療養生活をおくり,19 歳の少女からフランス語を習っているのは会話であろう.
　ドレフュース事件では当地で新聞や裁判の速記録を読んで,事件の本質を摑み,ゾラの主張の正しさに共鳴している.フランス語の高い読解力があったものと思われる.

第 5 節　勤労への意欲

　「文化の基礎としての労働の意義を,チェーホフほど深く全面的に感じていた人を,私は見たことがない」(ゴーリキー・湯浅芳子訳「追憶」1952)
　チェーホフの父エゴールはただ暴力で彼を支配しただけではなかった.
　祖父が農奴から自由をかちとったように,チェーホフ家には独立独歩の精神を受け継ぎ,進取の気質ともいうべき血の流れがあり,前述のように父パーヴェルは自分で雑貨店を開いた.16 歳まで農奴であった父親は勤勉に働き,勤労の大切さを子どもたちに伝えた.
　父パーヴェルについてベルドニコフは「疑う余地のない功績は彼が子どもたちに勤労に対する愛情と尊敬の念を植えつけたこと,絶えず彼らに勤労は人間第 1 の義務であること,いかなる困難や不幸をも恐れてはいけないこと,人間の義務はそれらに打ち勝つことにあることを吹き込んだことにある」と述べて

いる（ベールドニコフ・三橋 実訳「チェーホフの生涯」1978）．
　その才能はチェーホフに引き継がれ，郷里に残されたチェーホフ少年は家庭教師として働きながら仕送りしているのである．
　医学部に入学しても，兄2人が家を出て自由な暮らしを楽しんでいても，彼はユーモア雑誌に投稿してわずかばかりの収入で家計を助けた．
　医学部は当時最も難しい学部であった．順調に卒業するためには非常な緊張とまじめな勉強とが要求され，実習などがあるため原稿書きに専念することもできなかった．
　その上極貧の状態で貴族出身の作家のようにゆったりと静かな環境で執筆することもできなかった．しかし，チェーホフは医学部における講義と実習を創作活動に結びつけ，両立させている．旭によると学生時代に彼が書いた短篇の数は，80年11篇，81年13篇，82年28篇，83年108篇，84年38篇とされる（旭 季彦「チェーホフ遁走曲」1995）．
　医学部3～4年生のもっとも学業に忙しい時期に医学と作家としての仕事をやり遂げているのである．ついでに卒業後は佐藤によると85年129編，86年112編，87年66編，88年12編となっている（佐藤1966）．
　多忙な医業の合間に3日に1編書いている年があるのに驚く．
　天才とは泉が湧き出るように，小鳥がさえずるようにアイデアが溢れてくるのであろう．
　チェーホフは飽満的幸福，利己的幸福を軽蔑した．幸福の永続性を信じなかった．
　人間は幸福や愛を目的に生きるのではなく，人間社会の前進に連なる勤労に打ち込むことに生き甲斐を求めるべきであると考えた（佐藤1966）．
　「もし諸君が現在のために働くのなら，諸君の仕事はつまらないものになるだろう．ただ未来だけを考えて働かなければならない．現在のために人類が生きているのは，まあ天国だけさ．人類はいつも未来によって生きてきたのだ」（『手帖』）
　チェーホフの作品『敵』『園丁主任の話』『浮気な女』にも共通する労働する医師への賛歌が伺える．彼は農民の希望を聴いて自分の土地を後退させて，農民の家畜の道路を広げ，祭りでの子どもたちへの施しもの，果樹園のリンゴを分け与え，病人には無料診療を行った．
　村の消防小舎，鐘楼の建設，郵便・電報局の誘致，川の架橋，街道に砂利を敷くなどの公共の事業の先頭に立って行った．

チェーホフは受け持ち地区の学校ならびに工場の衛生問題のあらゆる委員会に加わり，学校の校舎，工場の建物を視察し，その上，上記のようにメリホヴォ村では外来患者の診療を行っていた．そのほかにもチェーホフは役所とのつながりを利用して，農民たちが泉の水くみに行く道を都合つけ，工場建設による河川の汚染が農民の不安を呼ぶと中止に努力したりしている．

ノーベル賞作家のブーニンは1895年に彼と知りあい，その後も親しくチェーホフ家に出入りしている．彼の回想記によれば，「〈大いに書いていますか？〉と，あるとき彼は私に尋ねた．いいえ，あまり，と私は答えた．〈いけませんね〉不機嫌そうに，低いバリトンで彼は言った．〈いいですか，仕事をしなくては……手を休めないで……生きているかぎり〉」（ブーニン「呪われた日々・チェーホフのこと」2003）

また若手の作家クプリーンにも「大事なことは——若さと弾力性とを，徒に浪費しないことだ．今はひたすら働くことです」（クプリーン『チェーホフの思い出』1970）と述べている．

チェーホフは少年時代から店番，聖歌隊，中等学校時代は家庭教師，医学生時代には家計のためまじめに大学に通いながら，小説を書きまくる生活を送ってきている．

医師としてもメリホヴォでの診療活動はもちろん，コレラの防疫活動や飢饉対策に奔走し，サハリンではわずか3ヵ月の間に約1万人の囚人たちに会って調査を続けた．

この勤勉さはチェーホフ家の農奴として過酷な労働を担ってきた先祖の血とともに，克己的な生活をおくらなければならなかった彼の幼少からの体験にもとづくものであろう．

「わたしは怠惰を軽蔑します．それは弱さや魂のはたらきに対する無感覚を軽蔑するのと同様です」「人間という名に値する人間として，立派に生きるために働かねばなりません．愛情をもって，信念をもって働かねばなりません」（スヴォーリン宛 1897年4月7日）．「わたしは全サハリン島を調査するだけの忍耐力を持っていました．入植地を残らずまわって，すべての小屋に立ち寄り，一人一人と話をしました．調査にあたってはカード方式を用い，これまでにほぼ1万人の徒刑囚と流刑囚を記録しました」（スヴォーリン宛 1890年9月11日）．（図4-1，111頁参照）

慢性の消耗性疾患である結核をかかえてでのこの勤勉さである．

「一般の福祉に奉仕しようという願望は，必ず魂の要求であり，個人的幸福の条件でなければならない．もしその願望がそこから起こるのではなくて，理論的な，あるいはその他の配慮から起こるなら，それはまやかしである」

「気候，知能，精力，趣味，年齢，見解が違うとあっては，人間の平等など決してありはしない．不平等はそれゆえ自然の変わらざる法則と考えるべきである．しかしわれわれは……この不平等を目立たなくすることはできる．この点においてや文化は大いに役立つであろう」(『手帖』)

この文化は教育をもちろん含んでいると考える．

ミェーヴェは「彼はいたみのある時は別の仕事をして治した．彼は自分のために学校建設が必要なときに，学校を建設した．彼は自分が必要なときに，他人に金を与えた．チェーホフが行った善行とモロゾフをはじめとする健康で裕福な人びとが行う善行との相違はここにある」と述べている（ミェーヴェ2016）．

『わが人生』『三人姉妹』『桜の園』にみられる勤労賛歌には貴族の怠惰・無為への批判が込められる．

このような環境を乗りこえて，自制的で強固な意志をもって自己を確立するためにチェーホフは非常な努力を重ねており，どん底を経験した人がもつ楽天性もここから生まれているものと思われる．

一方，のちに生活のためユーモア作家として出発するチェーホフは，少年時代から道化を演じたりして笑いをとってうまかったという．

佐藤は農奴の血が作品に大きく影響し，「抑制的，意志的生涯は抵抗者の姿勢にほかならない」「貴族作家たちが1つの抵抗の姿勢として社会からの逃避を常態としたのに対し，チェーホフは社会への接近をつねに心がけた最初の作家であった．いつも社会のために何かせずにはいられなかった」とし，月謝が払えず学校にも行けず，家で店番をしていた幼少時代は「彼の強い意志，忍耐強さも，こうした苦労と無関係ではないし，貧しい者や弱い者への後年の彼の同情もこれと無関係ではないのだ」と強調している（佐藤清郎1966）．

第6節　自由への希求

チェーホフが中等学校の学生時代は反動時代に入ったロシアでもっともきびしい時期で，古典語教育の強制が仮借なく行われていた時代であった．

第1章で述べたように，「ギリシャ語，ラテン語の授業を強化することにより，

暗唱を強要され，自由時間が奪われる．青年を現代の矛盾の多い生活から引き離すことで政治的要求を骨抜きにする意図で行われている」時代だったのである（セマーノヴァ「チェーホフ研究入門」1954）．

「僕は自由な芸術家でありたい，——ただそれだけです……．僕にとっていちばん神聖なものは，——それは人間の肉体，健康，知恵，才能，霊感，愛，絶対的な自由，いかなる形で表されるにせよ，あらゆる暴力や嘘からの自由です．これが，かりに僕が大芸術家であったら守りたいと思う綱領です」（プレシチェーエフ宛 1888年10月4日）．

「ものを書くとき堅持したいもの，それは，人間の絶対的な自由です．暴力的強制や，偏見，無知，そういういまわしいものからの自由，激情等などからの自由です」（プレシチェーエフ宛 1889年4月9日）．

彼の自由へのあこがれ，明日へのあこがれは彼の思想の根底にあり，『三人姉妹』『桜の園』『いいなずけ』など晩年の作品にまで色濃く表れていると思われる．

渡辺も「自分を〈奴隷〉と感じた彼の生い立ちを抜きにしては語れないと思う」「のびのびと無邪気である子ども時代に，本当の意義によってではなく，暴力によってしたがわされ，ひたすら服従を教えこまれたこと，上下関係の上に成り立つ秩序と強圧的なやり方しか知らなかった父親の不幸，それを見つめる中で，〈強制〉や〈嘘〉や〈無知〉ということばがチェーホフの中で〈自由〉とむすびついていったのではないだろうか」と述べている（渡辺 2004）．

タガンローグ中等学校は1870年代に人民主義活動家を数多く輩出し急進的な学校とされるが，チェーホフは特に活動家との交流はなかったという．

しかし店番と聖歌隊と父親の専制的な暴力をともなう強制からの自由と引き換えに，孤独と貧困，空腹と雇われ家庭教師としての「自尊心の疼き」をチェーホフ少年は経験する（『家庭教師』『大騒ぎ』『金のかかる授業』）．

このような環境の中から暴力・虚偽・不正を憎み，誇り高く，自制心をもってストイックに生き抜いてきたチェーホフに驚くとともに敬服するほかはない．

「たった1人になった中学生アントンは，世間のいとなみや人の心の奥底を少年の目でじっと見つめ，図書館や劇場でむさぼるように好奇心を満たした．店番と合唱隊から開放された〈自由と孤独のこの3年間〉に，未来の作家アントン・チェーホフの〈きびしさ〉の原点がある」（牧原 純「チェーホフ巡礼」2003）という評価がある．筆者も同感であるが長兄，次兄はそうならなかった．

第7節　公正と虚偽への抵抗

　先述のように，少年時代の宗教的儀式における虚偽，父の専制的態度における虚偽，商道徳を平気で踏みにじる父の虚偽（商品の計量時の不正や祈祷で清潔になったと強弁して客に売りつけるなど）に対するチェーホフの嫌悪の情は激しいものがある．

　「僕はあらゆる形での嘘と暴力を憎悪しています」「看板もレッテルも僕は偏見と見なしています」（プレシチェエフ宛 1888 年 10 月 4 日）
　後年チェーホフは〈小さな徒刑囚〉として彼が受けた偽善的で虚偽に満ちた宗教教育を非難している（スヴォーリン宛 1892 年 3 月 17 日）．
　彼の強烈な自由への希求と，公正・真実への絶えざる接近のための行動力と表裏の関係をなすものと考えられる．
　「将来も僕は人びとを色分けしないつもりです」（クラフツォーフ宛 1883 年 1 月 29 日）とあるように公正を願ったチェーホフは根拠のない偏見（ユダヤ人差別，女性蔑視など）を排し，事実を尊重した．
　ここに医学・科学を学んだ科学的事実にもとづく彼の確信がある．
　少年時代のチェーホフにまつわるエピソードとして，ユダヤ人の生徒が極右団体の生徒に暴力をふるったために退校処分を受けそうになったことがある．このときチェーホフは復学をせまって，集団で退校する行動の中心になったという（佐藤 1966）．
　少年時代からチェーホフは「人類の進歩に対する信仰，公正な眼，人種差別に敏感な偏見にとらわれない眼」をもっていたのであろう．
　晩年あるユダヤ人をヤルタの中等学校へ入れてもらうように，彼の知人の有力者に依頼するよう妻に連絡している．「このユダヤ人はもう 4 年も試験を受け，5 点（最高点）ばかり貰っているのだが，それでも入学させてくれないんだよ」（妻オリガ宛 1902 年 8 月 29 日）と当局のユダヤ人差別に抵抗していることがうかがえる．ドレフュース事件やキシニョーフにおけるユダヤ人殺害事件などに対する彼の態度はユダヤ人に対し差別を排したチェーホフの毅然とした姿勢を見ることができる．
　「天性私の性格は激しく，私は短気で，その他等々なんだ．けれども私は自分を抑えることに慣れてしまった．自分を手放しにすることはちゃんとした

人間のすべきことではないからさ．……私の祖父は信念の上では勇敢な農奴だったんだからね」(妻オリガ宛 1903 年 2 月 11 日)

彼のサハリン旅行，ドレフュース事件，アカデミー会員辞退事件など激しい性格と行動を裏付けている．同時に孤独と貧困のなかで少年時代から自分を抑えることに慣れたチェーホフは手紙にもあるようにどこか冷めていて，感情に走ることがなかったとされる．

このような姿勢は後に貴族や富豪たちの多くの民衆の犠牲の上に成り立つ幸福という虚構の生活や自由主義的，人民主義者たちの虚偽の生活への批判となって現れてくる．

図 3-17　トルストイ

チェーホフについて，エルミーロフは「穏やかで我を張らず，傍若無人のところがない，しかも堅固な自立心をもつ人柄は，サハリンの囚人たちも素直に接した」と述べている（エミルーロフ・牧原 純・久保田淳訳「チェーホフ研究」1953）．

ベールドニコフによれば，後年（1895 年 8 月 8 〜 9 日），ヤースナヤ・ポリャーナにトルストイを訪問したチェーホフのことを文豪は「非常に才能があること，そして心ばえも善良であるに違いない……」と評している（図 3-17）．

社会の最底辺での生活体験をもつ人には人を踏み台にして，不正をはかってでもはい上がろうとする上昇志向の強い人がいる．チェーホフは弱者に対する温かいまなざしをもちつづけ，そのような傾向を意識的に強烈に拒否している．

同時に社会の最下層からはい上がった人に見られる生活に対するしたたかさ，感傷，激情に走らない冷静さと楽天性をもそなえている．

作家のコロレンコは「この最初の会見で，チェーホフはすこぶる楽天家だという印象をわたしに与えた」（コロレンコ『作家チェーホフ』1970）

「繰り返し言うが，彼の天性には，その根底に楽天的なところがあった」（ブーニン「呪われた日々・チェーホフのこと」2003）

第 8 節　進歩と未来への展望

　後年チェーホフは「……まさか煙草をやめたせいでもありますまいが，もう私はトルストイの教えに心を動かされないようになり，心中秘かに敵意さえ抱くようになりましたが，これはどうも困ったことです．私の身体のなかには農民の血が流れていますから，それで，いくら農民の偉さなどを並べたてられたところで，心を動かされないのかもしれません．子どもの頃から私は進歩というものを信じてきたものですが，私にしてみればどうでもこれを信じないわけにはいかなかったのです．何しろ自分が鞭で打たれた時代と，もう鞭で打たれなくなった時代を考え合わせてみただけでも，これはたいした違いだと思いますからね」（スヴォーリン宛 1894 年 3 月 27 日）と述べている．

　作品『三年』『いいなずけ』『三人姉妹』『桜の園』などに表れる未来への期待が少年期から刷りこまれているように筆者には思える．

　スヴォーリン，モロゾフらの農奴に出自をもつ大企業家との交流にも共通の感覚が働いているのではないだろうか．

　音楽家との交流が多いチェーホフだが，なぜか貴族出身者がほとんどのロシア五人組の作曲家との交流の記録が見られない．伝記を読むかぎりではあまり大貴族との深い交流はなかったのではないだろうか．

　勤労への意欲は生きることの肯定であり，未来への展望，進歩を期待することとなる．

　「もし諸君が現在のために働くのなら，諸君の仕事はつまらないものになるだろう．ただ未来だけを考えて働かなければならない．現在のために人類が生きているのは，まあ天国だけさ．人類はいつも未来によって生きてきたのだ」（『手帖』）

　対象から一定の距離をおいて高所から俯瞰するチェーホフの姿勢は客観性と結びつく．このことは彼の晩年の 1890 年代に急速にわきおこる民衆のエネルギーを敏感に感じとったチェーホフのメッセージと思われる．

註

1) チェーホフから妻オリガへの手紙に「ヴラヂーミル・ヴラヂーミロヴィチ・チェーホフ——あれは私の父のいとこになる有名な精神科医の息子で、彼もまた精神科の医者だ」(妻オリガ宛1903年2月7日) とある．つまりヴラヂーミルはチェーホフのまたいとこにあたるのだが，筆者が知るかぎりでは交流の記録はみあたらない．祖母の遠縁ではチェーホフ姓ではないのではなかろうか．
2) 生活臨床：主として統合失調症を対象にしたとりくみで，患者を入院して社会から隔離するのではなく，地域で生活していく中で治療を行う．
3) シチェルバーク (1848～1894)：チェーホフがサハリンからの帰途，ペテルブルク号の船医をしていた彼と知りあい，その後文通を交わしている．『サハリン島』には論文が引用されている．1894年長崎港停泊中に狭心症で死亡．長崎市稲佐地区の外人墓地に墓がある．

第4章 チェーホフと教育

第1節 子ども好きのチェーホフ

　チェーホフの作品には『子どもたち』『ワーニカ』『家で』『脱走者』『少年たち』『曠野』など，いずれの作品にも子どもにたいする暖かいまなざしを感じる．
　彼が行った学校建設や図書の寄贈などの教育問題へのとりくみは単なる彼の子ども好きの延長線上のとりくみではないであろう．
　チェーホフ晩年の作品には溢れるような明るい未来への期待が語られる．
　「ほのかな憧れ」とされ，たしかに明確な根拠もなく軍人（『三人姉妹』）や万年大学生（『桜の園』）が語る未来論には組織的な活動から離れて傍観している姿勢がうかがわれる．組織的活動を避けてきたチェーホフの姿勢かもしれない．
　しかし晩年になってくり返されるこれらの台詞に，筆者には子どもたちに未来への希望を託したチェーホフのメッセージと映るのである．
　「子どもは神聖で，純潔です．強盗や鰐のところでさえ，子どもたちは天使の位におります．われわれ自身はどんな穴に入ろうとも，子どもたちは，その位にふさわしい雰囲気で包むべきです．子どもの前ではしないことばをはいたり，……」（長兄アレキサンドル宛 1889年1月2日）
　それぞれの評者によると「キセリョーフ家の娘たちと短編の脚色作品で興じるチェーホフ」（ベルドニコフ）がいたり，滞在先のリントワリョーフ家の子どもたちは「治療するだけでなく，子どもといっしょに遊ぶ，快活で優しい医師のことを，娘は長い間憶えていた」チェーホフである（ミェーヴェ 2016）．
　子ども好きのチェーホフは学校をのぞいてはおしゃべりし，クリスマスには学校の後見者として生徒全員に襟巻やリボンをプレゼントしている．
　チェーホフはいつも農民の子どものことを気にかけていて彼らに贈り物をするのだった，後述の彼の遺書にも子どもたちへの暖かい配慮が伺える．
　女流作家アヴィーロヴァはチェーホフの回想記にこう記している．
　「〈お子さんのお話をして頂けませんか〉とチェーホフが言いました．わたしは喜んで話しました．〈そうですね．子どもは……〉チェーホフは考え込んでこう言いました．〈子どもはいいものです．自分の子どもを持つのは

……家庭をもつのは素晴らしい……〉」

「ニーノチカはチェーホフの肩に頭をもたせかけて、にこにこ笑っていました．〈僕は子どもに好かれるんですよ〉小さな娘が彼に少しもものおじしないのでびっくりしている私に，チェーホフはこう答えました」（アヴィーロヴァ『わたしのチェーホフ』1970）

子ども好きのチェーホフは，子どもに好かれるチェーホフであった．

チェーホフは「〈聴く〉能力に優れ，聴くことの意味を熟知し，聴くための努力を惜しまなかった．ユダヤ人，精神病者，流刑囚の声がチェーホフには聞こえていた」「斧の下で呻く木の声」（『ワーニャ伯父さん』）も聞こえるチェーホフであった（角 伸明「チェーホフの耳と子ども」2005）．

第2節　サハリンの子ども

1890年チェーホフはサハリン島（樺太）へ調査に出かけた（図4-1，図4-2）．そこで得られた事実をもとに5年間かけてまとめあげ，『サハリン島』として出版した．

「とくに子どもに関する調査では成果が上がったと思います．だから私は少なからぬ希望をこの点にかけております」（スヴォーリン宛1890年9月11日）

チェーホフにとって深刻な体験は「徒刑囚の環境で」教育を受けるサハリンの子どもたちを見たことであった．

「サハリンの子どもたちの実情はアントンにとくに悲惨な印象を与えました．学校の数は少なく，教科書もなく，学校図書館はお粗末をきわめていました．アントンはサハリンにいる流刑囚の子どもたちのことを心配して，モスクワに帰ってからのちも彼らに援助を続けました．彼は教科書や教材を一般から募集し，私も彼から頼まれて教科書類を荷造りしたり，郵送したりしました」（妹マリア）

チェーホフの観察は囚人たちの環境，労働，健康状態にわたって詳しく述べられているが，彼がこの後にも関わる教育について簡単に触れている．

チェーホフの滞在中は学校が休暇であったため，世間の評価を紹介している．

「サハリンの学校は貧しく，設備はお粗末で，その存在は偶然的なものであり，義務的ではなく，また，今後も存在するかどうか誰にも分からないため，現状は極めて不安定である」「実質的に学校を管理しているのは各管区長と刑務所長

第4章 チェーホフと教育　111

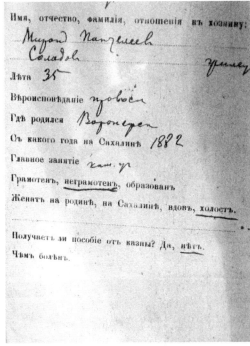

図4-1　サハリン調査票

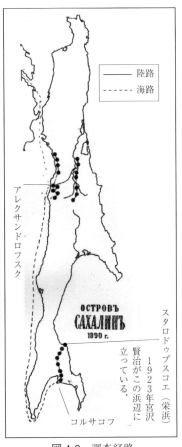

図4-2　調査経路

であり，教師の選択，任命も彼ら次第なのである．学校で教鞭をとっているのは流刑囚たちだが，彼らは故郷で教師をしていたわけではなく，この方面の事情に暗い連中で，予備知識も全くない」

　流刑囚あがりの看守たちの1/4〜1/5の賃金しか教師はもらっていないし，当局はこれ以上の支払いは不可能とみている．したがって「学校の授業がつまらない仕事と見なされているのは明らかである」

　チェーホフはサハリンにおける文盲の比率の高さ，とりわけ成人女子ではほとんどを占めている状態を指摘している．「わたしは，こんなにも愚かで物分かりの悪い女たちは，ほかならぬこの，罪人と奴隷の住民のなか以外，どこでも見たおぼえがない．ロシアから来た子どもたちの場合，読み書きができるのは

25％，サハリン生まれの子どもたちではわずかに9％である」

彼はサハリンの1つの村で調査しているときに出会った10歳の少年との会話を引用している．子どもは家に1人でいた．父親も母親も家にいなかった．

少年は「白髪で，猫背で，はだし」だった．

「お父さんの父称は何というの？」と私がたずねた．

「知らないよ」と少年が答えた．

「どうしてなんだい？ お父さんといっしょに暮らしているくせに知らないなんて．名前も知らないのかい？ 恥ずかしいじゃないか」

「おれんとこ，本当のお父さんじゃないんだ」

「何だって本当のお父さんじゃないって？」

「お母ちゃんの情夫だもん」

「君のお母さんは結婚しているのかい？ それともやもめかね？」

「やもめだよ．お母ちゃんはお父ちゃんのために来たのさ」

「お父さんのために来たって，どういうこと？」

「お父ちゃんを殺したんだ」

「君は自分のお父さんのことは覚えてる？」

「覚えていないね．おれ，私生児だもん．お母ちゃんはカラでおれを産んだのさ」

貧困がもたらす子どもたちの健康状態について「サハリンの子どもたちは青白く，やせて，元気がなく，ボロを着せられて，いつも腹をすかしている．……彼らは専らと言ってよいほど消化器の病気で死んでいる．食うや食わずの生活，時にはまるまる数ヵ月にわたってカブラだけ，たっぷり食べられるのはせいぜい塩漬けの魚だけという食事，低い気温，湿気などが，ほとんどの場合，ゆっくりと，疲労という形で，少しずつ組織を変質させながら，子どもの身体を弱めて行く」と述べ，深刻な栄養失調がもたらす将来の住民の健康問題として提起している．

大人たちが不公正な裁判によってサハリン島へ流され，そこで更正にはほど遠い寒冷，汚染，暴力，賭博・売春などの堕落した姿にかこまれる劣悪な環境が子どもたちに与える影響をチェーホフは強く感じたのであろう．

しかし同時に極限の状態におかれた囚人たちの精神状態に子どもたちの存在が与える影響についてチェーホフはこのように高く評価している．

「サハリンで最も有益で，最も必要で，最も気持ちのよい人と言えば，やは

り子どもたちであり，流刑囚自身もそれを良く理解していて，子どもたちを大切にあつかっている．すさみきった，道徳的にも損なわれてしまったサハリンの家庭生活に，子どもたちは優しさ，清らかさ，おとなしさ，よろこびなどの要素を注ぎこんでいるのだ」

さらにつけ加えて，

「子どもたちは，しばしば男女流刑囚に，一層生活に対する愛着をもたせ，絶望や最後の堕落からすくってくれる唯一のものになっている」

上記の兄アレキサンドルへの諌言「子どもちは神聖で，純潔です」のサハリンにおける極限の状態でチェーホフは実例を見たのであった．

帰国後チェーホフは教育への支援をはじめ，コレラ，飢饉対策などの社会活動に献身する．1890年末，サハリンの学校への援助に奔走し，学校のカリキュラムと本を苦労して捜しまわったあげく手に入れる．

「疫病の発生するのはふつう9月か10月，つまり義勇艦隊の汽船で，病気にかかっている子どもたちが植民地に運ばれてくる時だった」「……咽頭炎が10月に発生し，全部で十人の子どもの命を奪った」「胃腸病は……10年間に死亡したのは338人で，その66％は幼年層とされている．子どもたちにとって最も危険な月は7月と，とくに8月で，死亡した子ども全体の1/3が，この2ヵ月の分である」

チェーホフは帰路につき1890年10月半年ぶりにわが家へ帰って来た．1891年サハリン募金のためペテルブルグでの招待に顔を出す．集めた資金で教科書を2,000冊をサハリンへ送る．

第3節　学校建設

妹マリアによると，19世紀終わりのロシアでは「先生が一人きりのいちばん簡単な分教場すら，どの郡にもあるわけではありませんでした．農民の子どもたちはほうほうの村から歩いて学校のある近在の村まで通わなければなりませんでした……．メリホヴォに近いところにある小学校などは，授業するには不向きな掘立小屋で我慢しているのが実情でした．学校に必要な用具や参考書もなく，初歩的な設備もありませんでした．教師たちの報酬も雀の涙で，家族は文字どおり乞食をして歩かなければなりませんでした」（妹マリア）といわれる状態であった．チェーホフもメリホヴォ地区クリューコフ村の学校の実情をセ

ルプホフ郡会に次のように報告している．

　「私の受持区の学校では，調査するにもただクリューコフ村にある1校だけでした．この粗末さについてはすでに委員会に報告したとおりであります．狭い校舎，低い天井，教室のまん中にあるすすけたストーヴ，古ぼけた粗末な机椅子類，上衣掛けはほかに場所がないので教室の中にこしらえてあるし，守衛は小さな納屋にぼろにくるまって寝ていて，しかもその同じ場所に生徒用の水桶もある．便所にいたっては衛生ならびに美学的見地からの最小限の要求すら満たされていない，というのが実情です．教師は細君といっしょに小さな一室に起居しています……」

　というわけで，チェーホフは村に新しい学校を建てる必要があると主張した．1894年11月19日，隣村のターレシ教会附属学校の監督官を委嘱された．

　佐藤によれば，チェーホフは努めて民衆との接触を保とうとし，「ゴーゴリを民衆にまで引き下ろす必要はない．民衆をゴーゴリまで高めなければならない」とする信念があったという．その信念を支えているのは，絶え間なく明るい明日に向かって進む人類の進歩を信ずる確信であると佐藤は言い切っている（佐藤1966）．幼い頃から信じていた進歩がチェーホフの確信となったものであろう．

　学校教育に関わるようになってチェーホフの知ったことは，教師の地位の低さと貧しさであり，民衆の子弟の教育にたいする帝政ロシア政府の消極的な施策であった．

　このためチェーホフは村に新しい学校を建てる必要があると結論に達した．

　当時政府は識字能力の向上を農民に対する政府の政策を徹底させる手段と位置づけた．国民教育に政府は資金を提供せず，都市・農村共同体に積極的に学校を設立させる具体策もとらなかった．このように政府も郡会も国民教育には消極的で，管理・監督を行うが学校の建設や運営費は地方に任せた（第2章）．

　このような基本的な姿勢がチェーホフを学校建設に向かわせ，かつ障害にもなったのであろう（図4-3）．

図4-3　チェーホフが協力して建てた学校（筆者撮影）

1　ターレシ小学校

　子ども好きのチェーホフはいつも農民の子どものことを気にかけていて名の日[1]には彼ら全員に贈り物をするのであった．外国で生活しているときでも妹マリア宛に次のような手紙を書いている．

　「ターレシの学校に男の子と女の子が何人いるか調べること，ワーニャと相談して，子どもたちに誕生日の贈り物を買うこと，いちばん貧乏な子どもたちにはフェルトの長靴を．ぼくの衣裳戸棚に去年からそのままの襟巻きがたくさんあるから，あれを役立ててもよい．女の子たちにはなにか華やかなものがいい．ドロップスはいけない」（妹マリア）

　しかし郡会は学校建設に消極的で，経済的にも大半を寄付によらなければならなかった．チェーホフは「学校の仕事に気を配り，試験に出かけて行き，物質的な援助も学校にしました．しかし自分の使命を果たすには学校の場所そのものが不適当なところにありました．アントンは郡の役所に新しい学校設立の請願運動を起こし，認可を受けるための建設計画書を提出しました．

　郡の役所には学校を建てるだけの資金がなかったので，アントンは出費の一部を自分で引き受けました．農民たちは冬のさなかの材木運びや，そのほかの建築材運搬を無償でやりました」「このころアントンはすでにチルコフ村の学校の主事でもあり，郡立の学校のそばに無料の公共図書館を開設した"重要人物"であり，セルプホフ郡会議長の補佐役として小学校の監督にも当たっていました」（妹マリア）

　チェーホフは教師の地位の低さと帝政政府の教育軽視，消極的な姿勢を知る．ターレシ小学校（1896年8月4日開設）の建設（建設費用3,000ルーブリ，郡の補助金1,000ルーブリ，寄付金2,000ルーブリ）にあたって，建設地の選定，材木の調達，石工・大工その他の労働者の手配・監督，設計，配置といった実務までチェーホフは関わっている．

　また募金活動にも積極的に自ら募金を募り，音楽会を開き，素人芝居を上演し，自らもポケットマネーを投じた．ここにも幼少年期の店番を経験した実務にたけた生活の人チェーホフが顔を出す．1896年8月4日，ターレシ小学校の開校式にモスクワの教育者として名が知られていた弟のイワンを招待している．「8月4日，ターレシ学校の開校式．ターレシ，ベルショフ，ドウベチェン，ショルコフの百姓たちが，ぼくのところ4つのパンと聖像と銀の食卓用塩入れ2

個もってきた．ショルコフの百姓ボストノフは演説までしてくれた」(『日記』1896年8月4日) と農民の贈り物と演説にチェーホフは感動している．

池田によれば塩とパンを捧げるのは，ロシア農民の表す最大の敬意であるという (池田1980)．

開校式には責任官庁の郡会からは1枚の感謝状のみ．

その他，役場と交渉して道路の修補，郵便局，電報局の開設，橋の建設や近くの教会の修復に奔走した．

2　ノヴォセルキ小学校

1896年冬から隣村のノヴォセルキに学校建設が始まった．ふたたび資金調達と私財の投入，建築家としても活躍した．

マリアによると「……彼のところにあるときノヴォセルキ村から農民たちの代表がやって来て，彼らの村に学校を建てることを頼みこみ，建設資金に彼らが集めた300ルーブルを差し出しました．彼らの態度が本当に感動的だったので，アントンも断ることができず，すぐ賛成してふたたび学校設立に着手しました」とある．チェーホフが出した1897年2月8日の手紙にもこの件について述べている (前出)．

ノヴォセルキ小学校建設には資金3,200ルーブルが必要でゼムストヴォは1,000ルーブルしか出さず，チェーホフが半額以上の寄付を行い建設された．

資金作りに，彼はなんどもセルブーホフ村で慈善芝居をやり，原稿料や戯曲の上演料をつぎこんだ．こうした社会的な活動とモスクワ近郊の寒い冬はチェーホフの健康をひどく損なった．

開校にあたって農民たちからは署名のある像が贈られ，郡会は欠席した．

「7月13日，私の寄付で建てたノヴォセルキ学校の開校式，百姓たちから銘入りの聖像を贈られた．郡会からは誰もこなかった」(『日記』1897年7月13日) 1897年ノヴォセルキ小学校開校．

この小学校は当時の郡内一の立派なもので，視察にきた視学官は貴族の屋敷と間違えて通り過ぎ，通りがかった村民に学校はどこかと尋ねたという．

周囲には115本の樅の木と17本の松を植えて記念とした．

3　メリホヴォ小学校

最後にメリホヴォ村に学校建設計画を立てる．

当時，宗務院管轄の教会附属学校と差別して，普通の小学校の建設には許可が必要で，これが困難をともなった（意図的な妨害か）．
　チェーホフは書いている．
　「……われわれのところではすでにメリホヴォ小学校にたいし，28 人の少年少女が入学を予定しています．本年，授業開始の許可を下さいますでしょうか？ 机を注文してもよろしいでしょうか．貴所からの御許可があり次第，あらゆる学校備品の注文をいたします．と申しますのも，秋まであますところわずかですから．何卒，できるだけ早くご返事を下さいますように」（セルプホフ郡会宛 1898 年 7 月 14 日）
　大勢の子どもたちが入学を待っていたため，とりあえず 1 軒の小屋を借り，改装して，机を購入し教師を 1 人採用する（1898 年 8 月 29 日開校）．
　郡の補助金なし，寄付金 2,000 ルーブリであった．チェーホフは建設後も教師と連絡をとり，図書の寄贈や教師の生活へのアドバイスを続けている．
　メリホヴォ小学校の建設は妹マリアの提案がきっかけとされる．
　マリアは自分で学校のプランを立て，郡会で支持をしてくれるようにチェーホフに依頼，果樹園からのリンゴ，スグリの収穫を集め売りに出し，レヴィタンに絵画の寄付を仰ぎ福引きへ，コンサートの開催などと妹もしたたかな実務能力を発揮している．
　しかしチェーホフから 1,000 ルーブルの寄付も得ている．1898 年 11 月には女流作家シャヴローヴァに「わたしは再び学校を建てています．……2,500 ルーブル必要なのですが，にっちもさっちもいきません」（シャヴローヴァ宛 1898 年 11 月 28 日）と愚痴をこぼしている．このころチェーホフは別荘の建築に 5,000 ルーブルの借金をしていた．こうした状況のもとで，彼は妹マリアに，彼の戯曲の上演で劇場から入るすべての収入をメリホヴォ学校の建築のために利用するよう指示しているのである．
　チェーホフが寄付した合計金額は家族の 1 年間の生活費に相当し，決して裕福とはいえない作家の行為としてなみたいていのことではない．
　最後まで自らの任務を忠実に全うするチェーホフの性格がうかがえる．
　このようにして 1998 年 8 月 29 日メリホヴォ小学校開校．
　帝政政府はチェーホフの学校事業に対する貢献に 1899 年 12 月 28 日にスタニスラフを 3 等勲章を贈った（しかし政府は刑務所図書室にチェーホフとゴーリキーの図書を置くことを禁じていたのである）．

第4節　教育支援

　「人間の意思の力や教育は遺伝として受けついだ欠点に打ち克つことができるとチェーホフは確信をもっていた」と弟ミハイルは回想している（ベールドニコフ「チェーホフの生涯」1978）．

1　学校監督官チェーホフ

学校建設，監督官として試験に出かける．
「チルコヴォ村へ行って2つの学校の試験をした．——チルコヴォ学校とミハイロヴォ学校と」（『日記』1897年5月24日）
　「僕は，ターレジという名前の村の小学校の監督官に任命されました．そこの先生は，30年間勤めて月23ルーブル，細君と4人の子どもを持ち，もう白髪です．あまりの困窮に，あなたがどう仰(おっしゃ)ろうと，彼は一切を俸給の問題に還元します……」（スヴォーリン宛1894年11月27日）
おそらく『かもめ』冒頭に登場するメドヴェジェンコのモデルであろう．
　彼は一里半も離れた家から逢い引きのためにやってくるが，口をついて出てくる台詞はその場にふさわしくない貧乏教師の愚痴ばかりである．
　その他にも「5月24日，チルコヴォ村へ行って2つの学校の試験をした」（日記1897年5月24日）とあり，チェーホフはたいへんな身の入れようである．
　1897年4月10日大喀血，入院中も学校監督に関し，セルプホフの貴族団長の補佐役にさせられたが健康状態は悪化．しかし彼は自分の社会的義務を捨てなかった．
　7月には郡会議員に再選．監督官時代に農村の教師の懲役に服しているような生活を詳細に研究を行っている．
　『荷馬車で』には若い女教師が郡会や視学官などの行政や周囲の無理解のなかで，疲れはてていく姿が描かれる．
　ヤルタでは国民教育にも引き入れられ，彼は女子中等学校の監督官会議の委員に任命された．このためであろうか妻オリガ（図4-4）との往復書簡に何度も話題にあがる中等学校の女性校長ハルケーエヴィチャとは互いに訪問しあっている（「妻への手紙」）．
　健康状態もよくないのにムハラトカにおける国民学校の学区監督官を引き受

け，ヤルタ近郊の村の学校建設へ500ルーブル寄付したりしている．

1900年1月トルストイ，コロレンコとともに科学アカデミー会員に選ばれた．しかし，1902年2月ゴーリキーも名誉会員に選出されたにもかかわらず，ニコライⅡ世は彼の反政府的行動を理由に取り消しを指示した．官報に掲載され，本人に正式に通知された決定が覆されたことにチェーホフとコロレンコは抗議を表明した．2人は会員を辞退し，ゴーリキーを政治的弾圧からまもる姿勢を毅然として示したのであった．彼の晩年における公正に対する忠実な姿勢を物語っている．

図4-4　妻オリガ

タガンローグ市議会からはチェーホフの名前で2つの奨学金制度を創設し，優秀な生徒に授与されることになったと知らせてきた．

2　医学教育への意欲

ミェーヴェによれば，チェーホフは終生の友人ロッソリモ教授（神経病理学）と1899年末に会って語りあっている．「私が苦しんでいるのは，たとえば腸炎だとします．そのことはこのような病気を体験してよくわかっています．しかしこのような心の苦しみについて理解することは稀なのです．私が教師になったら患者の自覚症状の分野でできるだけ深く聴衆を引き込み，これらの学生たちがそれを役立てることができたらと思っています」

チェーホフは局所病理学や治療学を受けるクラスでは，疾病の自覚症状の側面を綿密に研究する彼独自のプログラムによって発展させることを希望した．

ロッソリモ教授は医学部長と交渉したがうまくゆかなかった．

「チェーホフは再三教師としての活動を夢見たことを語っています．彼には博士論文を書くことには成功しませんでしたが，もし大学医学部が『サハリン島』について社会医学の知識が少しでもあったら，そして医学博士の論文提出を認めていたならば，博士号を受けていたでしょう．それはチェーホフにささやかで，深い喜びを与えることができたでしょう」とロッソリモは回想している（ミェー

ヴェ 2017)．

もし実現していたら，すぐれた文学的な講義録が残されたであろう．
残念である．

最近，医師がパソコンばかり見ていて，患者の顔を見ない（訴えを聴いてもらえない）との非難をしばしば耳にする．

日本の人口 1,000 人当たりの医師数は 2.4 人で，OECD 加盟国 35 ヵ国中 30 番目という低さである．これでは患者との信頼関係は希薄になる上に，間にパソコンが介在して患者が疎外されてしまう．自覚症状や五感による症状の把握は計量化しにくく，パソコンに馴染まない．「もしかすると第六感というやつを発見して，それを発達させるかも知れない」（『三人姉妹』）とするチェーホフの提起は自覚症状を心理的に分析する提起とともにきわめて重要であり，医療機器が発達した現在ではかえって重要性を増していると言えよう．

チェーホフは『わびしい話』で大学教師の理想像は，「ひと言で言えば，仕事は山ほどあるのだ．全く同時に学者，教育者，雄弁家と，ひとり 3 役を兼ねねばならず，しかもそのうち雄弁家が教育者や学者を圧倒したり，その逆になったりしては落第である」としている．

大学教授の清水は「この言葉は名講義の真髄をまさに的確に語っている」「チェーホフは小説家として誰よりも〈大学教育〉に関心を抱いていた言えようか」「教授たちの講義を聴くだけで理想的な教授法を頭の中に作り上げていた」（清水正「チェーホフを読め」2004）と述べている．

「チェーホフは局所病理学と治療学の大学講師を夢見ていた．またチェーホフは聴講生にこの苦痛を体験させるために，病人の苦痛を描くことを夢見ていた．未来の医師たちが病人の苦痛を理解するように教えることを夢見ていた」（ミェーヴェ 2017）

3　貧窮学生への支援

また女子医専の貧窮学生のために「早く私の戯曲を上演して，女子医専生のために公演してやらねばなるまい」（妻オリガ宛 1903 年 10 月 8 日）とチェーホフは協力を惜しまない．

死の 4 ヵ月前にも「すでに君に話したとおり私は医者で，私は女子医専の友だ．『桜の園』の広告が出たとき，医専生が医者としての私に向かって，彼らの後援会のために公演を催してくれと頼んできた．彼らの窮乏はひどいもので，

授業料不納のために退学させられる者がうんとある等々というのだ．私は経営のほうと話してみると約束したが，その後話をして約束して貰った」(妻オリガ宛1904年3月3日) と労をとっている．

4　学生運動の犠牲者への支援

　革命前の緊迫した情勢に学生たちは立ち上がり，政府や学校当局への抗議の行動をおこしはじめた．1899年2月8日ペテルブルグ大学創立記念日に学生たちは禁止されていたデモ行進を行った．待ち受けていた警官隊は学生たちに鞭の雨を降らせた．学生たちは暴発しストに入った．全国的にも学生は立ち上がり参加者は25,000名を超えた．

　3月17日ペテルブルグ大学とモスクワ大学は閉鎖され，700人の学生が大学から追放された．この頃『三人姉妹』を書いていたチェーホフは戯曲の中で「はげしい嵐が盛りあがって，もうすぐそこまで来ている」と言わせている．

　1901年から1902年にかけてチェーホフは学生の要請に応じてカンパを行っている．この頃には学生たちの闘いは労働者との共同のとりくみになっている．

　4月にゴーリキー逮捕さる．監視つきの仮釈放でゴーリキーはアウトカでチェーホフに再会．2月には学生518名が逮捕される．

　佐藤によればキセリョーフの回顧録にはチェーホフがこう語ったとされる．

　「……すでに暖かい風が吹いてきている．もう自由の夜明けがやって来ている．闇はなくなり，警官もいなくなるだろう．ロシアのどんな辺地にも学校ができるだろう．そして暗い辺鄙なところもなくなる．坊主たちもいなくなり，国民は自由に呼吸し，自分の意志を発表するようになる．ぼくが期待しているのはこれなんだ．きっとそうなる！」(佐藤1966)

5　成人の読書支援

　チェーホフが広い意味での教育の対象にしていたのは子どもたちだけではない．チェーホフは民衆の無知蒙昧と数限りない不幸の原因を彼らの文盲にあると見なしており，あらゆる機会を捉えていっしょに勉強する努力を行った．

　メリホヴォの給仕やモスクワのホテルの給仕にも読み書きを教えたり自分の著作を与えたりしている．

　メリホヴォ時代のチェーホフは文盲の使用人たちに読み書きを教え，モスクワに出るときは彼らのために民衆向けの本をたくさん買ってきたという．

夜彼らが一堂に集まって，字の読めるものが朗読し，ほかのものが聴くということがよくあった．

「たまたま召使部屋で1人が声を出して読み，ほかの人たちが聞き入っているのに出くわしたときなど，兄の喜びようはありませんでした」（妹マリア）

使用人たちは「大尉の娘」（プーシキン）にも感動し，架空のできごとであっても，そこにあるのが人間の真実の喜びや悲しみであるなら彼らの心にまっすぐ伝わることをチェーホフは知っていたのであるという．

第5節　教師への支援

1　理想の教師

ゴーリキーはチェーホフの言葉を回想する（図4-5）．

「ぼくにたくさん金があったら，……すばらしい図書館や，いろんな楽器や，養蜂所や，菜園や果樹園があるんです．農学や気象学の講義をすることもできます．教師というものは何でも知ってなくっちゃね，なんでも！」

「ロシアの農村には賢い，教養のある，いい教師がどんなに必要であるか，きみがそれを知られたら！わがロシアでは教師を何か特別な条件におくことがぜひ必要です．そしてそれは早くする必要がある．広範な人民の教育なくしては，国家は焼きのわるい煉瓦で畳まれた家のように崩れるものだ，ということをわれわれが理解するならばですよ！教師はアーチストであらねば，熱烈に自分の仕事に惚れこんでいる芸術家であらねばなりません．ところがわが国では ── それはただの雑役労働者で，教養をもたない人間で，村へ子どもを教えにゆく時には流刑地にゆくと同じような気持ちで出かけてゆく．彼は飢え，虐げられ，いつなんどきパンきれを失うかもしれない可能性に脅かされている．だが，彼は村一番の人間であらねばならぬのだし，百姓にたいしてはどんな質問にも答えられるのでなければなら

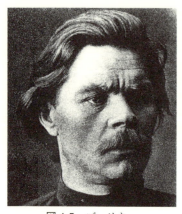

図4-5　ゴーリキー

ず，また百姓たちが彼のなかに，注意と尊敬に価いするような力を認めるようでなければならず，彼に向かって怒鳴るような……彼の人格を傷つけるようなことは誰一人なし得ないようでなければならないのです．ところがわが国では，巡査，金持ちの小商人(こあきんど)，坊主，分署長，学校の世話役，村長，それから視学官という職務を帯びているけれども教育方法の改善については心を用いず，ただ学区の同文命令を丹念に遂行することばかりに心をくだいているあの官吏，というような連中がみんなそれを — 教師の人格を傷つけるようなことを — やっているのです．人民を教育するために召された人間に，とるにも足りぬ安い給料を払うとは，じつに不条理だ．— ね，わかりますか — 人民を教育するのですよ！ その人間がぼろを着て歩いたり，じめじめした隙穴だらけの学校で寒さに震え，炭酸ガスにあたり，風邪をひき，30歳前に咽喉カタルやレウマチスや結核に罹るなんて，許すべからざることですよ．これこそわれわれの恥辱ですからね！ わが国の教師は1年のうち8，9ヵ月は隠者のような生活をして，誰とも口を利く相手もなく，本もなければ気晴らしもなく，孤独のうちにだんだん愚鈍になってゆく．ところがその教師が仲間を呼び寄せると，どうもあの男は危険だ，と非難する．— 狡い人間どもがそれでもって馬鹿どもを嚇す愚かしい言葉です！ じつに嫌なことだ，すべてこの一種の嘲弄は，大きな，ひどく重大な仕事をしている人間に向かって加える一種の嘲弄は，ねえ — ぼくは教師を見ていると，彼の前にきまりがわるくなるのです．彼の臆病さにたいしても，また彼がひどい装(なり)をしていることにたいしても．ぼくにはその教師の貧しさのなかに，私自身も何か罪があるような気がするのです……まじめですよ！」(ゴーリキー・湯浅芳子訳「追憶」1952)

当時は『かもめ』で冒頭に貧困を嘆くメドベジェンコの台詞のように教師の賃金は少なく，社会的地位は低く，簡単に解雇されたりしていたのである．

弟イワンも兄ニコライの他愛もないいたずらが原因で解雇されている．

「命令を丹念に遂行することばかりに心をくだいている連中」が日本にいないことを願うのみである．

2 教師の貧困

第2章で述べたように，当時の教師の待遇は劣悪であった．

先にチェーホフは「詩人や散文家は俸給増額のことだけを書くべきだ」とい

う教師に会っていることを紹介した（スヴォーリン宛 1894 年 11 月 27 日）.

その他教師の低賃金についてはチェーホフの作品にも多く見られる（第 2 章）.「従僕より安い教師の月給 30rb」『ランドー馬車で』とあるように，月に 20～30 ルーブリ程度の賃金であった（『教師』『わが人生』『荷馬車で』『かもめ』）．

女性教師はさらに低かった（表 2-11, 65 頁参照）．

チェーホフは上記のように「人民を教育するために召された人間に，とるにも足りぬ安い給料を払うとは，じつに不条理だ」と憤慨している．

3 教師の健康状態

ロシアは寒冷地でもあり結核の罹患率が現在も高い国として知られる．

抗結核剤が一般に使用されたのは 1950 年代であり，それまではチェーホフ自身も南のヤルタに保養地を求めたように，転地療法，安静，食事療法などが主な治療法であった．

上記の教師の過労，低賃金による低栄養状態は抵抗力を低下させ，結核を多発したものと思われる．当時の教師は「じめじめした隙穴だらけの学校で寒さに震え，炭酸ガスにあたり，風邪をひき，30 歳前に咽喉カタルやレウマチスや結核に罹る」状態にあったのである．

4 サナトリウムの建設

劣悪な条件の下で低賃金，過労に苦しむ当時のロシアの教師たちは結核で斃れていった．

この当時胸を病んでヤルタに療養に来る教師の数は後を断たなかった．

ある日チェーホフはゴーリキーをクツクカのヤルタの家に連れ出した．彼が買った狭い場所に建てられた白い小さな家を示しながら，生き生きと語った．

「ぼくにたくさん金があったら，ぼくはここに，村の病気の教師のためにサナトリウムを建てますよ．ね，ぼくはうんと明るい建物を ── 大きな窓のついた，天井の高い，非常に明るい建物を建てますよ」

同じ著書でゴーリキーは「私はたいへんしばしば彼（チェーホフ）から聞くことがあった．〈ねえ，ここへ或る教師がやって来てね……病人で，細君があるのですが ── きみの方には，その男を助けて下さる可能はありませんか？ 当分はぼくがもう，面倒を見たのですが……〉あるいは，〈聴いてください，ゴーリキイ．── こで或る教師がきみに紹介してほしいと云っています．彼は外へ出

ないのです，病気でね．きみが彼のところへ行ってくださるとありがたいのだが —— いいですか？〉あるいはまた，〈ときに女の教師たちが本を送っていただきたいといっていますが……〉」(ゴーリキー 1952)

教師をはじめ労働者が低額の費用で暮らしたり，療養したりすることができるように，チェーホフは療養所をヤルタに建設するための募金活動をはじめる決心をした．

ヤルタの慈善団体である「転地療養保護機関」の名でチェーホフは声明文を書き，その中で，わずかな金を懐にしてクリミヤへやってきた患者の惨状を訴えた．この声明文は各新聞に，そしてさまざまな印刷物に掲載され，チェーホフはその見本を友人たちや知人たち宛に発送した．

寄付金が集まったところで，おもにヤルタの医師会からなる慈善団体は，「ヤウズラル」という病棟を建設した（ベッド数20床）．ここには結核を病んでいる低所得者に最低の料金で提供されたため，患者はいつも順番を待った．

このような小さな療養所ではとても間に合わないため，チェーホフは新たに声明文を書いて 40 〜 50 床の本格的な療養所の建設を呼びかけた．

このサナトリウム設立に要する資金 4 万ルーブリを集めるために 2 年の歳月を要した．

その療養所は，現在チェーホフの名がつけられているという．

私営療養所やペンションでの生活は経済的に困難で，そうした人たちのために同じ病に苦しむチェーホフは，サナトリウムを建てる計画をたてたのである．

「新しい結核患者が，どんどん押し寄せてきます．……患者たちは僕に会いにやってくるのですが，僕には時間がありません．……ロシア政府が厄介者扱いをして，当地に放り出していく哀れな患者たちが，どんな暮らし振りをしているか，知って欲しいものです．—— まったくもって —— 悲惨の一言に尽きます」(タラホフスキー宛 1899 年 11 月 22 〜 26 日)

第 6 節　図書館への寄贈

1894 年 11 月から 1898 年 2 月までチェーホフはタガンローグ図書館へ，所蔵していたとくに必要な図書以外を残して，大量の図書を寄贈している．

このためタガンローグ図書館は当時にあっては最良の図書館の 1 つとされた．彼は図書館の必要性について関心を持っていた．図書館のカタログを調べて

はそれを改善し，図書館を通じて案内所や博物館に送る準備をした．
　タガンローグ市長フォテイにチェーホフは書いている．
　「その多くは署名の入った本であり，まさに私にとって署名は特別な価値をもっています……今後も本を送りたいと思いますのでよろしくお願いいたします」（フォテイ宛1895年3月7日）
　チェーホフがトルストイを敬愛していたことはよく知られているが，彼はトルストイの署名の入ったこの本を，自分の著書とともにタガンローグ市立図書館に贈ったのである．
　生涯を終えるまで，チェーホフは故郷の図書館についていつも心配していたのであった．
　「図書館のことにぼくがタッチしていることだけは誰にも言わないで下さい．ぼくの名が書き立てられるのをぼくは好まないのです」（ヨルダノフ宛1896年11月24日）
　1901年イタリアからタガンローグ博物館へ地元の水族館から海の生物標本を送る．ロシアの未来をになう子どもたち，その子どもたちを教える教師がいかに重要であるかをチェーホフはこれまでのとりくみで十分に認識していたと思われる．
　博物館への寄贈に彼はトルストイの肖像，模写を贈った．
　1898年3月には，チェーホフはフランス人作家80人による全集319巻の本を購入して，ニースからタガンローグへ贈っている．
　弟ミハイル宛ての手紙でチェーホフは書いている．
　「僕にはお金がない．誘惑が大きいのだ．僕は我慢ができず，タガンローグ市立図書館へフランス古典作家全集を贈ってしまった．これは高くついたよ」
　（弟ミハイル宛1898年3月4日）
　この頃チェーホフは急激に症状が悪化して，外国の保養地で治療をした後の出費がかさんでいたことを思いおこす必要がある．
　1900年から1904年にかけてチェーホフは愛する故郷の町に14組の本を贈っている．
　前述のように，遺書にも教育のことに気をくばり，心を砕き遺産の一部を国民教育のために使用するよう指示している．

第7節　兄弟への忠告

　兄ニコライや弟ミハイルに対する忠告も真摯で，チェーホフの教育者的な一面をうかがわせる．弟宛の手紙で「……ただ1つだけ僕の気に入らないことがある．なぜ君は自分のことを〈つまらない取るに足らない弟〉などと呼ぶのです．自分のつまらなさを認識するだって？　ミーシャというミーシャがみんな同じである必要はない．自分のつまらなさを認識するなら認識したまえ．ただどこでか？　神様の前，知恵の前，自然の前であって人間の前じゃあるまい．人間の前では自分の価値を認識しなければならない．だって君はペテン師じゃなくて，正直な人間なんだろう？　だったら，自分のなかの正直者を尊敬したまえ．そうして正直者は決してつまらぬものではないということを知りたまえ．〈謙虚であること〉と〈自分のつまらなさを認識すること〉とを混同してはいけない」（弟ミハイル宛1879年4月5日以降）と書き送っている（図4-6）．

　目上，強者，富者に対しては誰にでも屈辱的に頭を下げるよう教育され，家庭内暴力を日常的に受けてきた16歳の少年が，このように自立した人間として弟に忠告しているのに驚く．ミハイルへの助言（1879年8月6日）で早くも聡明さを身につけ，自分の責任を自覚した1人のチェーホフ，ふらつく一家の唯一の精神的支柱となっているチェーホフを見る．ミハイルは語っている．

図4-6　弟ミハイル

図4-7　次兄ニコライ

「アントンの意思が圧倒的になりました．われわれ家族の中にこれまで知られなかった金言が，突如生まれたのです……．それは真実ではない……．正しくしなければならない……嘘をついてはいけない……」

次兄ニコライに宛てた忠告はチェーホフの誠実な人柄や，人間の尊厳についての彼の考え方がよく表れており，かなり長いが紹介する（図4-7）．

「教養ある人びとは，僕の意見では，次の諸条件を満たさねばなりません……

i) 彼らは人間の人格を尊重し，従って常に寛大で，物柔らかで，丁寧で，腰が低い．……彼らは金槌やなくなった消しゴムのことで猛り立たず，誰かと一緒に住んでも恩着せがましい態度を取らず，出ていく時も，君らと一緒に暮らせん！などと言ったりしない．彼らはまた騒がしさや寒さや焼きすぎた肉や，洒落や，自分の住まいに第三者が居合わせることを大目に見る．……

ii) 彼らは乞食や猫にだけ同情深いのではない．彼らは肉眼で見えないことのためにも心を痛める．だから，例えばピョートルは，父や母がめったに会えないといって（会っても酔っ払っている），悲しみのあまり白髪になり，夜も眠られないのを知ると，早速飛んで来て，ウオッカをやめる．彼らはポレワーノフ（アレキサンドルとニコライの友人）を助け，大学生である弟たちの費用を払い，母親に暖かい服を着せるためには，夜の間も寝ない．

iii) 彼らは他人の財産を尊重し，従って借金を払う．

iv) 彼らは素直で，火のように嘘を恐れる．どんなつまらぬことでも決して嘘はつかない．嘘は聞き手を侮辱し，話し手を卑しく見せる．彼らは気取らず，往来でも家にいる時と同じ態度を取り，弟たちの眼にほこりを入れたりしない．……彼らは無駄口を叩かず，きかれもしないのにずけずけと出しゃばらない．……他人の耳にたいする尊敬から，たいてい黙っている．

v) 彼らは他人の同情を買うために自分を滅ぼしたりしない．また他人の溜息や親切をあてこんで，他人の胸の弦をかき鳴らしたりしない．彼らは，〈僕は理解されない！〉だの，〈僕は小銭と両替された！僕は……！〉だのと言わない．なぜなら，こうしたことはみんな安い効果をあてこんだもので，卑しく，陳腐で，見えすいているのだから……

vi) 彼らは虚栄心を持たない．有名人との知己だの，酔っ払ったプレコワ（モスクワの弁護士）の握手だの，サロンで出会った人の歓喜だの，居酒屋で

の顔だのといった偽りの輝きに心を引かれることはない．……彼らはまた，ロッゼヴィチやレーヴェンベルグといった連中（共に卑しいジャーナリスト）にだけぴったりの，〈僕は新聞界の代表です！〉という言葉をあざ笑う．

貧乏なくせに100ルーブリもの書類ばさみを持ち歩いたり，他の人が入れてもらえないところへ通されるのを自慢したりしない．……まことの才能はつねに闇のなかに，群衆のなかに，陳列から離れているものだ．

……クルイロフ（19世紀はじめの寓話詩人）でさえ，空樽は鳴りやすいと言った．

vii）彼らは才能を持っている場合には，その才能を大事にする．……その才能のためには安穏も女も酒も虚栄も犠牲にする．……自分の才能を誇りにしている．だから彼らは，町人学校の管理人やスクヴォルツォーフの客たちとは酒を飲まず，自分たちの天職が彼らと一緒に暮らすことではなく，彼らに教化的な影響を及ぼすことにあることを認識している．そのうえ彼らは好悪が強い．……

viii）彼らはたえず自分の内部で美学を養う．彼らは服のまま寝たり，壁に南京虫のいる裂け目を見たり，汚れた空気を吸ったり，唾を吐き捨てた床を歩いたり，石油入れで食事をしたりすることができない．彼らはまた，できるだけ性的本能を抑えてそれを高級にしようと努める……

教養ある人びとが女性に求めるのは，寝台でも，馬の汗でも，偽りの妊娠で男をだまして根気よく嘘をつく猿知恵でもない．……彼らが，とりわけ芸術家たちが求めるのは，新鮮さであり，優美さ，人間性であり，また……ではなく母親になる能力である．……また彼らは歩きながらウオッカを飲んだり，自分が豚でないのを知っているから戸棚の匂いを嗅いだりはしない．

彼らが酒を飲むのは，暇な時，その機会のある時だけである．……なぜなら彼らには，mens sana in corpore sano（健全な精神は健全な身体にやどる）ことが必要なのだから．などなど．これが教養ある人びとです」

つづいて「それには，日夜たゆまぬ骨折りと，たえざる読書と，勉強と，意志が必要です．……そのためには，一時間一時間が大切なのです」（次兄ニコライ宛 1886年3月，日付なし）

トリオレは単なる兄弟への忠告というより，「人間の尊厳をめぐるチェーホフ

の深い感情だった」としている．いわゆる「ほのかな憧れ」しかないと言われる彼の小説には，「家庭生活もしくは血縁関係の深みで人間を窒息させるあの重圧，あの耐えがたい空気がある」．そして「しつけのいい人間とはこういうのもでなければならないと考えたチェーホフの意見こそ，この作家が次第に募ってくる不安に駆られながら探し求めていたいわゆる〈ものの考え方〉に到達するための突破口とも考えられるべきものだった」と述べている（トリオーレ・川俣晃自訳「チェーホフ——その生涯と作品——」1955）．

第8節　教科書のチェーホフ

チェーホフは没後も教育に関わることになる

ロシアでは教育の一環として，幼い頃からチェーホフの作品と接する機会が与えられているという．自分と同世代の子どもが主人公の『ワーニカ』『ねむい』や犬の話『カシタンカ』『おでこの白い犬』『大事件』といった子どもがとりつきやすい話が教材として選ばれる．ことば（ロシア語）の勉強のみならず，文学の勉強にもなる．

高校生程度になると教育的な意味合いをもつ作品『箱に入った男』『すぐり』『イオヌイチ』などである（チェーホフ没後100年記念祭実行委員会編「現代に生きるチェーホフ」東洋書店，2004）．

日本では『カメレオン』『賭け』が教科書に採用されているようである．

補註：遺書

チェーホフが妹マリアに宛てた遺書にも遺産を国民教育資金にあてるように指示している．

「愛するマーシャ，私はヤルタの私の別荘の終生，現金，戯曲作品からの収入を君の終身所有として君に遺贈し，私の妻オリガ・レオナルドヴナには——グルズフの別荘と現金5,000ルーブリを遺贈する．希望によっては，不動産を売却するも可．兄アレキサンドルには3,000ルーブリをあげてくれ．弟イワンには5,000ルーブリ，ミハイルには3,000ルーブリ，アレクセイ・ドルジェンコ（従弟）に1,000ルーブリ，エレーナ・チェーホワ（従妹）に，彼女が嫁に行くとき1,000ルーブリをそれぞれ渡してもらいたい．君と母の死

第4章 チェーホフと教育　　131

図4-8　チェーホフ終焉の地バーデンワイラーのホテル

図4-9　チェーホフの墓
　　　　（筆者撮影）

後は，戯曲からの収入を除き，一切をあげて国民教育資金としてタガンローグ市の管理下にまかすこと．戯曲からの収入はイワンに，イワンの死後は，これもまた国民教育資金としてタガンローグ市の管理下にまかすこと．
　私はメリホヴォ村の百姓たちに100ルーブリを——並木道の普請費用として——渡すことを約束しておいた．また，ガヴリール・アレクセイヴィッチ・ハルチェンコ（少年時代にともに過ごした店員）に対して，彼の長女の中学の学費を，学費免除になるまで代わって支払うことを約束してある．
　貧しい人びとを援助せよ．母を大切にせよ．平和に暮らされよ
　　　　　　　　　　　　　アントン・チェーホフ　1901年8月2日」

註

1）名の日：誕生日の後に来たキリスト教の聖者の命日などを名の日として祝う．ロシア革命までは誕生日よりも名の日の方が盛大に祝うとされていた（『名の日の祝い』『三人姉妹』）．

第5章　チェーホフ作品における教育

第1節　子どもの情景

　子どもに未来を託し，積極的に教育にかかわったチェーホフはその作品の中でどのように表現しているだろうか．
　子ども好きのチェーホフはそのすぐれた観察力による子どもたちの描写はじつに的確であり，暖かい眼差しを注いでいる．
　『定期市』『アルバム』『料理女の結婚』『電話のそばで』『グリーシャ』『三等官』『余計者』『小波瀾』『大事件』『家で』『子どもたち』『脱走者』『少年たち』『曠野』などでは子どもの無邪気な言葉のやりとりやしぐさ，心の動きなどがきめ細かに描かれている．
　チェーホフは29歳のときに，『料理女の結婚』『子どもたち』『ワーニカ』『大事件』『脱走者』『家で』の6編を短編集『子どもたち』（1889年）として出版している．
　中でも『子どもたち』はトルストイが第一級の作品として絶賛したという．
　第3章で述べたように，少年時代に父の暴力，店番，聖歌隊，破産による貧困を体験したチェーホフは作品にもその体験が反映されている．
　『ワーニカ』では靴屋に奉公に出されたワーニカ（9歳）が，奉公先で受けた暴力，飢え，不眠などに耐えきれず，田舎のおじいちゃんに早く引き取りに来てと手紙で訴える．ポストに入れれば世界中どこでもとどけてくれると店員から教えてもらっていたので，「村のおじいちゃんへ」と宛名を書き，その手紙をポストの口におしこんだ．
　未就学と思われるワーニカが長文の手紙が書けたのは，母が働いていた屋敷のお嬢さんから退屈しのぎに読み書きを習っていたからだ．
　『ねむい』では子守に出されたワーリカ（13歳）が，昼間の絶えまのない労働で疲れきったからだで，子守をまかされたが，泣きつづける赤んぼで眠ることができない．意識が限界の状態で赤んぼの首を絞めて死んだように眠る．
　このように奉公に出された子どもたちの救いのない結末なのだが，チェーホフの暖かいまなざしを感じる．

『かき』ではもの乞いに立つ父と子，子どもは飢えと無知のため，与えられた牡蠣の殻までかぶりつく，それを上から見おろして笑う大人たち．

当時のロシアでは就学は義務ではなく，義務教育制になったのは1917年の第2次ロシア革命以後である．

日本でも義務教育は明治7（1874）年からだが，当初はそれ程徹底していなかったのであろう．筆者の母は壱岐の出身で，一本釣りの漁師の家で育ち，10歳まで学校に行っていない．毎日海で泳いだり，魚を捕ったり，貝殻で遊んだりして楽しく過ごし，懐かしそうに何度も語っていた．勉強嫌いの筆者などはうらやましく聴き入ったものである．

子どもは一面ではふくらむ豊かなイメージの影の部分をもっている．

兄と女家庭教師のラブシーンを盗み見た少年は脅しの手段にして小遣いをせしめる（『意地悪な少年』『ジーノチカ』）．

一方『カシタンカ』『おでこの白い仔犬』など子ども向けの動物をテーマにした小品も書いている．

クプリーンの『チェーホフの想い出』によれば「チェーホフ自身は，たまに診てもらいにくるものがあると，試験ずみで簡単な，主に家庭的療法を勧めることを好んだ．とりわけ子どもを治すのがうまかった」「チェーホフはあらゆる動物を非常に愛していたといっていい．とくに彼は犬が好きであった……．疑いもなく，動物や子どもたちは，本能的にチェーホフに惹きつけられたのだった」とある．

初期の短編『脱走者』にも子どもの心を巧みにつかむチェーホフらしき医師が登場する．

第2節　自然とのかかわり

1　自然に学ぶ

『イワン・マトヴェーイチ』では生活態度は一見だらしがないが，助手に雇った中等学校中退者が語る自然体験に眼を光らせて学ぶ老学者や，『郊外の一日』では自然が教える貴重な体験を村の老人を通して描いている．子どもたちに慕われている靴屋の老人は「どんな質問にも答えてくれる．この自然界には，彼を当惑させ得るような秘密は存在しないのだ．彼はどんなことでも知っている．

たとえば，野草や，生き物や，石の名前を，彼は全部知っているのである．どの草が病気に効くかも知っているし，馬や牛の年齢も難なく見分けられる．入り日や，月や，鳥を眺めて，明日の天気を言い当てることもできる……．

一口に言って村中の人全部が，彼と同じくらい多くのことを知っているのだ．

この人たちの学問は，本からではなく，野や，森や，河岸で身につけたものだ．歌をうたう時の鳥が，あるいはまた，あとに真っ赤な夕焼けを残しながら沈む太陽が，木々が，草が，彼らに教えてくれたのである」

「春のさなか，野の単調な緑や暖気がまだ鼻につかず，すべてが初々しく，新鮮な息吹を放っている時に，金色のコガネ虫や，鶴や，穂を出しかけた麦や小川のせせらぎなどについての話に，心楽しく耳を傾けぬような者がいるだろうか？」と自然が教える体験からくる知識の大切さ，貧しい老人の心優しさを伝えている．

チェーホフの教育についての考え方の一面を物語るものであろう．

2 自然を描く

チェーホフは母方の祖母が夫の墓をさがしに大旅行をした話をいっしょに連れられて行った母から聴かされ，想像を膨らませたという（第3章）．夏休みに荷馬車に乗って祖父のもとへの小旅行，中学時代の教え子の家での夏休みなどの体験から，ロシアの自然はチェーホフと切り離せない．

チェーホフはこれらの体験から，ロシアの宏大な大地に繰り広げられる生物の営みや，自然の脅威を描き，『曠野』をはじめ自然描写にすぐれた作品を数多く生み出している（『奥さま』『別荘住まいの女』『狼』『春』『河で』『聖夜』『ヴェーロチカ』『美女』など）．

かなり多いので1例だけ示すと「沈黙がおとずれた．その間に，馬車で行く人びとの眼前には，鎖のように連なる丘につつまれた，ひろびろとはてしない平野が，打ちひらけていた．それらいくつもの丘は，ひしめき合い，互いにかげから顔をのぞかせるようにしながら，1つの山をかたちづくり，それが街道の右手，地平線まで打ちつづいて，紫色にかすむ彼方で消え薄れている．行けども行けども，それがどこではじまりどこで終わっているのか，見当もつかぬ……太陽はもう背後の町のかげからさしのぼり，あくせくせず静に自分の仕事にとりかかっていた．最初，はるか前方，空と大地が1つにとけ合っているあたりの，遠くからだと小さな人間が両手をふりまわしているように見える風車

や，古墳のまわりの大地を，あざやかな黄色の幅広い縞が，すべるように這って行った」(『曠野』)

さらにチェーホフは釣り，キノコ取り，狩猟，植林など積極的に自然の中に入ることを好み，作品にも反映されている．とりわけ釣りを好んだという（釣り：『カワメンタイ』『魚の問題』『夢』『かもめ』など，狩猟：『かもめ』『わかってくれた』『狩場で』，植林：『ワーニャ伯父さん』）．

3　環境破壊を告発

自然を愛するチェーホフは100年以上も前にロシアの近代化の中で起きている環境破壊を告発している．急速な近代化の中で産業の発達，都市に集中する家屋などの建設，鉄道路線の増加など建築材料，燃料や枕木の需要が急速に増大した結果，森林の乱伐が行われた．「森林の乱伐はロシアにおびただしい損害を与えているんですよ……」(『短気者の手記から』)とあり，『ワーニャ伯父さん』では「今やロシアの森は，斧の下でめりめり音を立てているよ．なん十億本という木が滅びつつあるし，鳥やけものの棲家は荒らされるし，河はしだいに浅くなって涸れてゆくし，すばらしい景色も，消えてまた返らずさ」と医師アーストロフは森林の乱伐について嘆く．

『芦笛』では自然環境の破壊がおよぼす影響が詳細に述べられている．

牧夫は狩りに来た農場の管理人に鳥が少なくなったことを語る．

「〈鳥だけじゃないよ〉牧夫が言った〈獣だってそうだし，家畜だって，蜜蜂だって，魚だってそうさ……俺のいうことが信用できなきゃ，年寄りたちにきいてみな．この節の魚は昔とまるで違うって言うから．海でも，湖でも，河でも，魚は年々減る一方さ〉」

牧夫はさらに森林の伐採について語り，人間が弱くなり，意気地がなくなった，「医者通いはするし，……なぜだと思うね？　だらしがなくなったのよ．ふんばり通す力がないのさ」という．「いたましいじゃないか，あんた！ほんとにいたましい話さ！この大地だって，林だって，空だって，……ありとあらゆる生き物にしたところで，みんな，ちゃんと役に立つように創られているんだし，それぞれちえをさずかっているんだ．それが一文にもならずに滅びちまうんだもの．しかし，何よりもいたましいのは人間さね」

ふと故郷に帰れぬ東北の被災者たちを想う．われわれもまたその犠牲者ではないだろうか．くりかえされる医薬品，健康食品，健康器具の宣伝はどうだろう．

チェーホフは「〈健康〉[1]というものも〈医者〉[1]というものもあるが，それにしては，——何と墓の多いことか！」(『新聞・雑誌の読者の考え』)と皮肉っている.

「なぜ人間は，こうした損ややりそこないをしないでは生きて行けないのか．一体なぜあの白樺の森や松林は切り倒されてしまったのか．なぜ牧場は遊んだままになっているのか．なぜ人びとはいつも必要でないことばかりやっているのか」(『ロスチャイルドのバイオリン』)でヤーコフ老人は嘆く．

村には「更紗工場が3つと皮工場が1つだが——村の中ではなく村はずれのやや離れたところにあった．小さな工場ばかりで，職工は全部あわせて400人そこそこだった．皮工場があるために，よく小川の水が悪臭をはなち廃物が草地を汚して，百姓の家畜が炭疽熱にかかったので，工場は閉鎖を命じられていた」(『谷間』).

環境破壊が世界的に拡大されているが，150年以上も前からあの広大なロシアで，このような環境破壊に警告を発したチェーホフの感性，先見性に驚嘆する．

4　自然を守る

そのために「小さな仕事」もおろそかにせず『ワーニャ伯父さん』では「僕のおかげで，伐採の憂き目をまぬかれた，百姓たちの森のそばを通りかかったり，自分の手で植えつけた若木の林が，ざわざわ鳴るのを聴いたりすると，僕もようやく，風土というものが多少とも，おれの力で左右できるのだということに，思い当たるのだ．そしてもし千年ののち人間が仕合わせになれるものとすれば，僕の力も幾分はそこらに働いているわけだなと，そんな気がしてくるのだ．白樺の若木を自分で植えつけて，それがやがて青々と繁って，風に揺られているのを見ると，僕の胸は思わずふくらむのだ」と植林に励む医師アーストロフが未来への夢を語る．メリホヴォやヤルタで植林に励んだチェーホフのまるで分身のようである．「われわれはただ，働いて働きぬかねばならんので，幸福というものは——われわれのずっと後の子孫の取り前なんですよ」と『三人姉妹』で再び呼びかける．

「人間に必要なのは3アルシンの土地でも持ち村でもなく，地球ぜんたいなのです．人間が自分の自由な精神のあらゆる性質や特長をのびのびと発揮できる自然ぜんたいなのです」(『すぐり』)

現在の日本では子どもたちが自然と接する機会は少なく，かっての遊び場（道

路，公園，広場，野原など）は大人たちの都合で使うことができない．

このことは遊びを通じての社会性，運動能力をはじめ子どもたちの全面的な発達を妨げている．日本の子どもたちは，国連から勧告を受けるような異常な競争社会におかれて，受験勉強や塾通いでゆとりもない．いわば時間も空間も奪われている状態である．

子どもの身体や運動能力の異常が問題になって久しい．

先日 NHK の『ためしてガッテン』を見ていると，手関節の痛みが多発しているという．猿を先祖にもつ人類は母指(おやゆび)は物をつかんだり，こまかな操作をするために，曲げることのほうが多い．そのため曲げる筋肉が伸ばす筋肉よりも進化の過程で太くなっている．

スマフォの操作のように伸ばした状態を長く保つことは筋肉に無理な負担をともなう．このため手関節部の腱鞘炎をおこしているのが原因だという．

ヒトの進化の歴史を無視して酷使し，健康を損なうことは何も母指に限らない．受験勉強のための異常に短い睡眠時間や個体間距離を無視した通学電車・バス，集団から離れ孤立して熱中するゲームやメールなど精神的・身体的ストレスを数え上げればきりがない．

100 年以上も前に環境破壊と人類への影響を警告したチェーホフは，現在の日本の子どもたちの現状を見てどのように思うであろうか．

チェーホフにはかって計画した「ロシアの医療史」「性の権威史」にみられるように過去から未来へ時間の軸をとおして対象を把握する感性が備わっているように見える．

第3節　父の暴力

同時に先述のように，父の暴力，貧困，児童労働などで「子ども時代がなかった」チェーホフの生い立ちも作品に投影されているようだ．チェーホフにとって父から受けた暴力は大きな影響をもっていると考えられる．封建時代には家父長制の中で父は絶対的な権力を持ち，暴力による支配も稀ではなかった．

『発作』の主人公ワシリエフは「彼は一種特別な人間としての才能だった．彼は苦痛一般に対して非常に繊細な，すばらしい感受性をもっているのだ．

名優が他人のしぐさや声を自分自身に反映するように，ワシリエフは他人の苦痛を自分の心に反映させ得る」．

このような資質をチェーホフは幼児期から持ちつづけていたのであろう．
渡辺のいう「共苦」の思想にもつながる才能ではないだろうか．
　チェーホフの父は努力して自分の店を持ったのだが，教会の勤行，聖歌隊，選挙など外出が多かった．この店番やチェーホフが自分を「小さな徒刑囚」とよんでいた聖歌隊員としての不行跡に対しても，父から粗暴な暴力をふるわれていたという．したがって父の暴力は作品にしばしば表れる．
　とりわけ晩年の短編『三年』にはチェーホフ自身が手紙や親しい人に語ったように詳細に描かれる．
　主人公の少年時代の回想に「父が僕を仕込みはじめた時，つまり手っ取り早く言や，殴りはじめた時，僕はまだ五つにもなっていなかったもの．なにしろ親父に鞭で殴られたり，耳を引っ張られたり，頭をぶたれたりするんで，毎朝眼をさますとまず第一，今日は殴られるかな，と考えたもんだったよ」(『三年』)とある．その他多くの場面で当時の家父長制の名残りである父親の暴力，横暴が描かれる．『奥さま』『一家の父』『重苦しい人びと』『父』『六号室』『わが人生』などおびただしい．
　息子が成人してからまで暴力をふるう父親もいるのには驚きだが(『奥さま』『裁判』『わが人生』)，「うちのお祖父さんはね，地主たちに叩かれ放題だったし，最下級の官吏にさえ鼻面を殴られていたんだぜ．そのお祖父さんが親父を殴り，親父は俺やお前を殴ったんだ」(『三年』)と父親の暴力が再生産されていた時代だったのである．
　『不機嫌』はわずか8ルーブルのカードでの負けにこだわり，落ち込んだ警察署長が，ついに癇癪をおこしてあたりちらし，プーシキンの詩を暗唱している息子を昨日の罰としてお仕置きする無茶な話である．
　子どもは何が原因で叱られているのか分からないであろう
　「桜の園」を買いとった新興商人ロパーヒンは農奴の子．「うちの親父はどん百姓で，アホーで，わからず屋で，わたしを学校にもやってくれず，酔っぱらっちゃ殴りつけるだけでした」(『桜の園』)

第4節　忍耐と努力

　父親譲りの勤勉さを受けついでチェーホフは超人的に働き，人にもそれを勧めている．

若手の作家ブーニンやクプリーンに述べていることは前にも触れた（第3章）. 勤労への意欲は生への渇望, 生きることの肯定であり, 未来への展望, 進歩への期待につながる. 状況や人物を考慮せずに列挙すると,

『手帖』
「もし諸君が現在のために働くのなら, 諸君の仕事はつまらないものになるだろう. ただ未来だけを考えて働かなければならない. 現在のために人類が生きているのは, まあ天国だけさ. 人類はいつも未来によって生きてきたのだ」

『三年』
「仕事が必要であるような条件に, 自分の生活をおかねばいけないんです. 勤労なしには清らかな楽しい生活はありませんからね」

『谷間』
「そりゃそうさ, なあ. 働いて, 我慢してる者のほうが偉えのさ」

『三人姉妹』
「やがて時が来れば, どうしてこんなことがあるのか, みんなわかるのよ. わからないことは何ひとつなくなるのよ. でもまだ当分は, こうして生きていかなければ……働かなくちゃ, ただもう働かなくてはねえ！ あした, あたしは1人で立つわ. 学校で子どもたちを教えて, 自分の一生を, もしかしてあたしでも, 役に立てるかもしれない人たちのために, 捧げるわ. 今は秋ね. もうじき冬が来て, 雪がつもるだろうけどあたし働くわ, 働くわ」

「働かなくちゃいけない, 働かなくちゃ. あたしたちが浮かない顔をして, 人生をこんな暗い目でながめているのも, 元はといえば勤労という者を知らないからだわ. あたしたち, 勤労を卑しんだ人たちの子ですものね」

「われわれには幸福はない. あるはずがない. また, やっても来ない. ……われわれはただ働いて働きぬかねばならないだけだ. ……幸福はずっと後の子孫のものだ」

「人間は努力しなければならない, 誰だって額に汗して働かなければね. そこにこそ, 人生の意義も目的も, その幸福も, その悦びや感激も, のこらずあるのよ」

『アリアドナ』
「片時も休まずに, 人のために働きましょうね」

「今こそ働いて, 額に汗してパンを稼ぎ, これまでの過ちの埋め合わせをしたいのです」

『わが人生』

「学校時代でも，勤務の世界でも，私の仕事は，精神の緊張も，個人的な能力も，創造的な感激も，必要としなかった．いわば機械だったのだ．このような知的労働をわたしは肉体労働よりも下に見るし，軽蔑もする……．それ自体が欺瞞にほかならぬし，無為のさまざまな姿の1つにほかならないからだ」

晩年になると労働讚歌のみならず，貴族が手を汚すことなく他人の労働に寄生している現実への批判，さらにチェーホフは進歩による自由な時間の獲得と人間の全面的発達の可能性にまで思いをはせる．

『わが人生』

「強者が弱者を奴隷化しないことが必要であり，少数の人間が多数の人間にとって寄生虫であったり，……肉体労働ほど，すぐれた均等化手段はないのだ」
「教育のある人や裕福な人も，みなと同じように働かなければいけませんわ」
「快適さが必要だとしたら，すべての人間にとって同じようでなければ，特権なんて，あるべきじゃございませんもの」

『いいなずけ』でヒロインの従兄サーシャは言う．

「いいですか，たとえばあなたや，あなたのお母さんやおばあちゃまが何ひとつしないとすると，それはあなたがたの代わりに誰か他の人が働いているわけで，そうなるとあなたがたが，誰か他人の生活に食い込んでいることになる．それがいったい清潔なことでしょうか，けがらわしいことじゃないでしょうか」

『桜の園』の万年大学生トロフィーモフも「あなたのお祖父さんも，ひいお祖父さんも，もっと前の先祖も，みんな農奴制度の賛美者で，生きた魂を奴隷にして，しぼり上げていたんです．で，どうです，この庭の桜の一つ一つから，その葉の一枚一枚から，その幹の一本一本から，人間の眼があなたを見ていはしませんか，その声があなたに聞こえませんか？……生きた魂を，わが物顔にこき使っているうちに ── それがあなたがたを皆，むかし生きていた人も，現在生きている人も，すっかり堕落させてしまって，あなたのお母さんも，あなたも，伯父さんも，自分の腹を痛めずに，他人のふところで，暮らしていることにはもう気がつかない，── あなた方が控え室より先へは通さない連中の，ふところでね」（『桜の園』）と述べる．

怠惰な筆者にとっては息苦しくなるほどの勤労賛歌であるが，重症結核の身

で最後まで勤勉をつらぬいたチェーホフの呼びかけを重く受けとめたい．
　晩年のチェーホフの作品の特徴をなす「あの新しい，よりよい生活への注目すべき呼びかけ」（妹マリア）になっている．
　このような環境を乗りこえて，自制的で強固な意志をもって自己を確立するためにチェーホフは非常な努力を重ねており，どん底を経験した人がもつ楽天性もここから生まれているものと思われる．
　一方，のちに生活のためユーモア作家として出発するチェーホフは，既出のように少年時代から道化を演じたりして笑いをとってうまかったという．
　一切が変化するものならば，幸福も永続することはありえないであろう．
　人間はこのように移ろいやすい幸福とか愛とかを目的に生きるべきではなく，社会の前進に連なる勤労に生き甲斐を求めるべきだとするチェーホフの勤労観に連なるのである．
　「真実を求めて人は，2歩前に出ては1歩下がる．悩みや過失や生の倦怠が，彼らをうしろへ投げもどす．が真実への熱望と不撓の意思とが，前へ前へと駆り立てる．そして誰が知ろう，おそらく彼らはまことの真実に泳ぎつくかもしれないのだ……」（『決闘』）
　サハリンから帰ったチェーホフのこの言葉には『ともしび』に見られた「この世のことは何一つわかりっこないんだ！」からの変容を感じさせる．
　さらに『中二階のある家』では真実への接近に踏みこんでいる．
　「われわれ都会や農村の住民が，ですよ，肉体的な要求を満足させるために人類が普通消費している労力を，お互い同士で均等に分かち合うことを，1人の例外もなく承知したとすれば，われわれのだれしもが，おそらく1日に2時間か3時間以上は働かなくとも済むようになるでしょうよ．まあ想像してごらんなさい，貧乏人も金持ちも1日に3時間働けば，あとの時間は自由なんです．さらに，いいですか，われわれが自分の肉体に頼ることを少なくし，労働を少なくするために，労働にとって代わる機械を発明し，じぶんたちの欲求を最小限まで減らすように努めるんですよ．……医薬に頼ることもなく，薬局やタバコ工場や酒造会社も持たぬとすれば，結局のところ，実におびただしい自由な時間がわれわれの手もとに残ることになるんですよ！　われわれみなが心を1つにして，この余暇を科学や芸術にささげるんです．……われわれも心を1つにし，力を合わせて，人生の意義や真実を探求するようにしたいもんですね，そうすれば，── これは僕の確信ですがね ── 真

実だってまたたく間に発見されるだろうし，人間はたえず心を圧迫している，この恐ろしい死の恐怖から逃れられるに違いないんです」(『中二階のある家』)
　労働時間が短縮されることにより，人間の能力の可能性がさらに花開くとするチェーホフの理解は人間の全面的な発達の可能性を肯定したものである．
　チェーホフの願望に過ぎないとしても「この国（物質的生産の領域）の彼岸，それ自体が目的であるとされる人間の力の発達が，真の自由の国が ── といっても，それはただ，自己の基礎としての右の必然性の国の上にのみ開花しうるのであるが ── 始まる．労働日の短縮が根本条件である」(マルクス「資本論」)との接点を感じる．
　チェーホフは大企業家モロゾフに工場の現場で労働時間の短縮を求め，モロゾフはそれに応じている．

第5節　虚偽に対する抗議

　一方，独学でヴァイオリンを巧みに弾いたといわれ，音楽に優れた才能をもっていた父は異常といえるくらい信心深く，聖歌隊をつくってチェーホフたちを引き回した．
　その上，夜昼かまわず兄弟に練習を強要した．このような強制的な宗教教育はかえって少年チェーホフには反面教師として作用したようである．
　『三年』では虚偽の多い僧侶について「家には始終，僧侶だの修行僧だのがたずねてきたが，これも野卑で，かげひなたの多い連中だった．飲んだり喰ったりしては，好きでもない彼女の父に下品なお追従をならべたてるのだ」と描かれる．
　『手紙』では堕落した神父（牧師）の不行跡が扱われる．
　「彼はふしだらな生活を送っており，教会内部の人たちや村会と反目し合い，戸籍簿の記帳や会計報告もずさんだった．……これ以外にも金を取って道ならぬ結婚を成就させてやったとか町からやって来る官吏や将校たちに斎戒・精道の証明書を売りつけたとかいう噂が大分以前から流れていた」
　『わが人生』では僧侶も賄賂を要求し，「教区の監督僧は目下の僧全員や教会の世話役から附けとどけをとる」
　このような姿勢は後に貴族や富豪たちの多くの民衆の犠牲の上に成り立つ幸福という虚構の生活や自由主義的，人民主義者たちの虚偽の生活への批判とな

って現れてくる．

『かもめ』の冒頭に貧困を嘆く教師に対して「お金のことじゃないの．貧乏人だって仕合わせになれるわ」とするマーシャの「幸福は富にあるのではない」との主張も基本的には同じであろう．初期の作品からくりかえされている（『不必要な勝利』『逃がした魚』『三人のうち，どれが……』『むなしい機会』『新しい別荘』『イヴァーノフ』）．

妊婦のオリガは苛立つ．

「あの人は何不自由ない金持ちで，常に幸福な思いしか味わったことのない，お母さん子なのに，みんなあの人のことを，誠意のある，自由主義的な，進歩的な人間とみなしているんだもの．大学を出て，この郡で豊かな生活をしに帰ってきてから，まだ1年とたたないくせに，もう腹の中では〈俺たちは郡の有力者だ〉なんて，つぶやいているんだわ．そのくせ，1年もすると，ほかの多くの人と同じように，退屈しきって，ペテルブルグへ逃げだすにきまってるんだから．おまけに，逃げだしたことを弁解するために，いたるところで，郡会なんてものは何の役にも立ちゃせん，俺はだまされたよ，なんて言いふらすに相違ないんだわ」

「どれもこれもが，無能で，生気がなく，あさはかで，けちくさく，嘘つきで，誠意がなく，だれもが心にもないことを言い，したくもないことをしているように彼女には思われた．倦怠と絶望に息のつまる思いだった」

「今の彼女には，彼らのだれもが，腹ぐろい異常な人間に思われた．彼ら一人一人のうちに彼女が見いだしたものは，ただ1つ，虚偽だけであった」（『名の日の祝い』）

チェーホフにこの作品に抗議がないとする批判に対して，彼は虚偽に対する抗議であると述べている．

「あなたはいつか僕に，僕の短編には抗議の要素が欠けている，僕の短編には共感と嫌悪がないと仰った．……しかし果たしてあの短編のなかで僕は，はじめから終わりまで嘘に対して抗議していないでしょうか？ これが傾向ではないでしょうか？」（プレシチェーエフ宛1888年10月7〜8日）

第6節　教育について

動物好きでもあったチェーホフは犬や馬を飼い，サハリンからの帰国の途中

マングースまで連れて帰っている．彼には『カシタンカ』『おでこの白い犬』など動物を主人公にした短編がある．

『大事件』では仔猫が生まれ，子どもたちの詮議の結果，おじさんが連れてきた黒い大きな牡犬がその父親にされる．ところが犬は仔猫を食べてしまう．子どもたちは哀れな母猫や罰を受けない犬のことをいつまでも考え，泣きじゃくっているという話だが，その中に教育についてのチェーホフの主張を示すと思われる文章がある．

「子どもたちの教育や生活において，家畜というものはほとんど目につかぬ程度にではあるが，疑いもなく有益な役割を演じているものだ．われわれの中で，逞しい，が大らかな牡犬や，部屋住みの狆や，籠の中で死んでいった小鳥や，バカなくせに高慢ちきな七面鳥や，われわれが気晴らしに尻尾を踏んでひどく痛い目に合わせても，許してくれるやさしい猫のおばさんなどを，おぼえていない者があるだろうか？わたしには時折り，これら家畜に本有の忍耐心や，忠実や，寛容や誠意などの方が，蒼白いしなびたカルロ・カルロヴィチ（註：トルストイ「幼年時代」「少年時代」）の長たらしいお説教だの，水は酸素と水素から成り立つことを子どもらに証明しようと努める女家庭教師の，要領を得ぬ長口舌などよりも，よっぽど強く効果的に子どもの心に作用するのではないか，という気がすることさえあるほどだ」とある．

『家で』では同じように子どもの感性に訴える教育の必要性と子どもへの罰の影響についての記述がに見られる．

検事は家庭教師から7歳の子どもの喫煙を知らされる．

「学校や子ども部屋での喫煙が，教師や両親たちに，わけのわからぬ異様な恐怖を与えた頃の想い出を，よびおこした．まさしくあれは恐怖心にほかならなかった．子どもたちは容赦なく折檻され，放校されて，一生を傷ものにされたものだ．そのくせ，教師や父親たちのうち，だれ一人として喫煙の害や罪がどこに存するのかを知っている者はなかったのだ」

「検事は，放校された2，3の生徒や，彼らのその後の生活を思いだし，罰というものは往々にして，犯罪そのものよりも，はるかに大きな悪をもたらしかねないのだ，と考えずにはいられなかった．生命ある肉体というのは，どんな雰囲気にでも直ちに順応し，慣れ，親しんで行く力を持っているものだ．でなければ，人間は，自分の理性的な行動が，しばしばこの上なく不合理な裏面を持っていることや，あるいはまた，教育，法律，文学などという責任

重大な，結果の恐ろしい仕事でさえ，明白に理解された真理や信念の乏しいことを，たえず感じていなければならないだろう……」

「現代の教育家は，論理学に基礎を置いているから，子どもたちが恐怖心だとか，人よりすぐれようという気持ちだとか，褒美をもらおうという気持ちだとかからじゃなく，まったく意識的に善良な性質を身につけるように努力しているんだ」

「検事は，子どもというものは未開人と同じように，自分自身の芸術的見解と，大人には理解のおよばぬような独自の要求を持っているものだと確信していた」

暇な晩にはいつも検事は息子に即興でお伽噺をしてやることにしていた.

「検事はまた，ストーリーが簡単で，あっさりしているほど，子どもに強く作用することに気づいていた」

タバコを吸っていた王子が早死にし，一人さびしく残された病気の王様は敵に亡ぼされて御殿も庭の木も鳥もいなくなった話は息子に感銘を与え，タバコを吸わないと約束する．検事は自分も寓話や小説，詩から人生の意味を汲みとっていたことを思い出す．論理的説得よりも芸術的説得が効果的である，と芸術の力に確信をもってチェーホフは主張しているのであろう．

バートランド・ラッセルの『教育論』（岩波文庫）にも引用されている『だれの罪か』では主人公は6等官ラテン語教師の伯父の教育法を思いおこしている．

伯父は生まれて間もない仔猫にネズミの捕らえ方を教え込む．

ネズミを捕らえてきて，怖がる仔猫に無理矢理教え込もうとする．成長しても猫はネズミを見て逃げだすのである．

「仔猫同様，わたしも，かつて伯父にラテン語を教わる光栄に浴したことがある．今でもわたしは，何か古代文明の作品に接するような機会に恵まれると，随喜の涙を流す代わりに，不規則動詞だの，伯父の黄ばんだ顔などを思いだして，顔色を失い，髪も逆立って，猫と同じように，恥ずかしいことながら一目散に逃げだしてしまうのだ」

子どもの成長や関心とかかわりなく早期教育と称して，塾やお稽古ごとに熱中する日本の現状への批判にもなろう．

『コゴメナデシコ』では心理学の本は何を読んだらいいのかと質問する小学校教師をめざす青年に対して「〈子どもの心を知るには，心理学だけではこと足りない，おまけに，国語や算数の上手な教え方を身につけていない教師にとっては，

心理学など高等数学と同じような贅沢品にほかならないのだ〉とわたしはいう.
　さらに教師の職務がどれほど責任重大で,むずかしいものであるか,子どもたちの内にひそんでいる,悪や迷信に走りやすい傾向を根だやしにして,ものごとを誠実にひとりで考えるようにしつけ,人格とか自由とかの思想や,真の宗教などを子どもの心に吹きこむことが,いかに困難であるかを滔々と述べはじめた」がわたしは彼の頭の中に「知的なこと」があまりしっかりと根をおろしていないように感じる.
　ただ青年の意見に対して具体的にわたしの意見は語られていない.
　「つまり気候とか,精力とか,趣味とか,年齢とかがまちまちなために,人間間の平等ということは,肉体的に不可能なんだよ.しかしね,文化人はこの不平等を無害なものにすることができるんだ.……ある学者は,自分の飼っている猫とネズミと,鷹とスズメが一つ皿から物を食べるようにしようと苦心して,結局成功したんだけど,教育もそれとまったく同じことを人間に対してなし得る,と考えていいんじゃないかな.生活はたえず前進しつづけているし,文化はわれわれの見ている前でいちじるしい成功をおさめているんだもの,そのうちにきっと女の子を犬1匹に見かえたかつての農奴制が今日のわれわれに不条理だと思われるのと同じように,現在の工場労働者の状態が不条理と思われるような時代が来るだろうね」(『三年』)
　「人間の意思の力や教育は遺伝として受けついだ欠点に打ち克つことができるとチェーホフは確信をもっていた」と弟ミハイルは回想している(前出).
　教育が敵対関係にある両者(猫とネズミ,鷹とスズメ)の共存に成功するように,弱者である農民や労働者が教育の力によって解放される時代が来ることを述べているのではないだろうか.

1　初等教育

1)就学率

　児童は貴重な労働力でもあり,『ワーニカ』『ねむい』の主人公たちも学校にやってもらえず,奉公に出され,『桜の園』の新興商人ロパーヒンも学校に行っていない.
　『ペチェネグ人』では貧困のため子ども2人を学校に通わせることができない農村部の退役将校(貴族)が描かれる.
　「この曠野のただ中じゃ教育しようにも,させるところがありませんし,ノ

ヴォチェルカッスクの学校へやるには，金がないという始末なので，まるで狼の仔みたいな暮らしをしてますわ．そのうち，街道で人でも殺しかねませんや」

2）教育内容

その学校の教育内容は3R'sと聖歌で村の教会の聖歌僧が小学校で歌を教え伯爵領の事務所から年60ルーブルの手当をもらっている（『歌うたい』）．

「不幸なことにわたしは，知能程度や徳性から言って，聖職者はおろか，軍隊の書記にさえ向かないような牧師を何人も知ってるんですよ．あなたも同感だと思いますけど，程度の低い教師が学校にもたらす害なんぞ，程度の低い牧師にくらべりゃ，はるかに少ないもんですからね」（『悪夢』）

無資格の教師が多く，知的水準の低い僧侶に重要な初等教育をゆだねることへのチェーホフの批判であろう（第2章）．

当時の国家の庇護を受けた正教僧侶たちの虚偽や堕落，低い知的水準を少年時代に聖歌隊の一員としてつぶさに見てきたチェーホフの目が鋭く光る．

とくにチェーホフが作家として活動をはじめた時代は帝政政府（宗務院）が教会附属小学校を優先して設立しようとしていた（第2章）．

またこのような教育の現状が彼を独自の学校建設に走らせたのであろう．

3）学校建設

当時政府は中等，高等教育を重視して，初等教育については放任して県会（郡会）に任されていたため，地域の篤志家や農民たちが学校の建設を行っていた．

県会（郡会）が学校建設に消極的で，農民負担により初等教育を行おうとしていた時代であった（第2章）．

『わが人生』では主人公の妻が定員60名の小学校建設を計画する．議員や視学も百姓を説得するが，消極的な農民の抵抗にあい苦慮する．

「妻は学校を建てることにした．わたしが60名の学童を収容しうる学校の図面を描き，県参事会の認可も下りたが……」

老朽化した学校の跡地に県参事会や視学官もやってきて百姓たちを説得した．

「村会が終わるたびにみなはわたしたちをとりまいて，ウォトカひと一樽の酒代をせがんだ．大勢の人にとりかこまれて暑苦しく，わたしたちはすぐにげんなりして，不満な，やや途方にくれた気持ちで家に戻るのだった」

土台用の煉瓦をとりにでかけた荷馬車隊は朝早く出発したのに「帰ってきたのは夕方遅くなってからだった．百姓たちは酔っぱらっており，口々にへとへとに疲れたとこぼしていた」「百姓やかみさんたちが憎さげにうちの窓を睨めつけながら奥さまも出せと叫びたてる口汚い罵声がきこえる」

『新しい別荘で』でも村に建てた新しい別荘の裕福な夫婦は学校建設を提案するが抵抗にあい，農民たちのいやがらせのなか村を去って行く．

妻は「あなたがたのお子さんのために学校も建てます．お約束します」と呼びかけるが，約束しても中途で放り出した金持ちの例をあげて後始末は百姓がとったという．この提案に「白はしガラスがとびかかってきやがった」と揶揄する．百姓たちから笑い声がどっとあがる「学校なんかおいらにゃいらねえ」

初等教育の重要性を知るチェーホフはメリホヴォで学校建設に，私財を投げ出してまでも積極的にとりくみ，農民から感謝されている（第4章）．

しかしその過程では，このような学校教育への無理解や農民の身体的，経済的負担から学校建設をのぞまない農民たちのサボタージュや妨害があったのであろう．

短編『悪夢』にはこのような場面がある．

「だって，だいたいの話が，教区小学校の問題を持ちだしたのは，県会でもなければ，わたしらでもなく，最高宗務監督局なんですからね．当局がちゃんと方法まで示してくれるべきなんですよ」

この場面は宗務院が郡会に対抗して，教会附属学校建設の指示を出したためと思われる．

しかし資金面で現場は苦慮している．

「〈で，学校はいつ開設するお考えですか？〉〈お金の集まりました時に……〉ヤコフ神父が答えた．〈現在いくらか資金はできているんですか？〉〈それがほとんど何も……百姓たちが寄り合いをひらいて，男性1人につき毎年30カペイカずつ納めることに決まったのですが，これも約束だけなんです！ところが当座の必要品を備えるのに，少なくとも200ルーブルは要るものですから……〉」（『悪夢』）

2　中等教育

「お父さんのいわゆる，社会的地位なるものは，資本と教育の特権にほかならないんですよ．金や教育のない人間は肉体労働で自分のパンをかせいでい

るんですからね」(『わが人生』)

中等教育で学生たちは古典語,数学で苦労する.

中でも古典語はチェーホフ自身の体験でもある.『体質』では「胆汁質[2)]……不幸なことに,この種の人間が教師であることは珍しくない.数学やギリシャ語を教えている」と皮肉っている.

タガンローグの中等学校でラテン語とギリシャ語を習っていたチェーホフは経済的,時間的に恵まれぬ勉学の条件で2度落第していることは前にも述べた.成人してから夢に見るくらいのトラウマとなっているのである.

「奴隷の工場」のようなこの中等学校での体験はチェーホフに終えていない宿題や教師が呼びやしないかとの夢に怯えさせている.

『古典科中学生の災難』では一人息子がギリシャ語で2点[3)]をとったため,絶望して泣き狂いした母親から頼まれた下宿人は息子を折檻する.家族会議の席で奉公に出すことが決められる.『演劇について』でも同様にギリシャ語で2点をとった中等学校生の甥を妹の母親の依頼で治安判事がバンドで折檻し,子どもは悲鳴を上げて泣く.あと友人と高尚な芸術を論じる皮肉.

その他『だれの罪か』『わが人生』『三人姉妹』に古典語の学業不振が原因で退学や中退をした中等学生が登場する.

『箱に入った男』の主人公ベリコフをギリシャ語教師にしたてて揶揄したのは,ギリシャ語の不首尾で落第の憂き目にあったチェーホフの復讐か.

数学も評判が悪いのはいずこも同じ.『パパ』ではパパが数学教師に賄賂を使い助かるが,『ヴォロージャ』では数学の不首尾が自殺へとみちびく.

中退,退学の原因を明記していない『大物』『イワン・マトヴェイチ』『シャンパン』『災厄』でも,古典語,数学のほかに,意識的に貴族以外の階層を排除するための授業料,入学金の値上げによる経済的な困難,反動期の弾圧による中等学校の抑圧的な雰囲気,抵抗する学生運動への弾圧の結果などがあるのだろう(第2章).

「可愛い女」オーレニカもぼやく.「当節では中学の勉強もなかなか難しくなりましてね」と彼女は市場でそんな話をする.「ほんとに冗談じゃありませんわ,昨日なんかも1年生はお伽詩の暗誦と,ラテン語のお訳と,もう1つ何か宿題が出たんでございますよ.まったく,小っちゃな子にあれでいいものでしょうかねえ?」(『可愛い女』)

第5章　チェーホフ作品における教育　151

3　高等教育

1）大学

『逢い引きはしたものの……』では家庭教師をしている医学生がデートに待つ間にビールを飲み過ぎ彼女にふられ，『アニュータ』では医学部3年生の主人公は試験勉強に同棲のアニュータを裸にして骨を確かめている．

部屋の汚さからいって貴族ではないだろう．医学生の出身階層が高くないことを示している．

しかし思いやりのないこの医学生はどんな医師になるのだろうか．

『善人たち』では「全般的な教養を発達させない医学部ってのがまさにあれさ！」と医学教育を批判．『かもめ』では新進作家トレープレフは「さる外部事情のため」（思想弾圧のため）大学を3年で中退，『桜の園』の万年大学生トロフィーモフも同じような理由で大学を何度も追われているようだ．

『大学生』の学生はいわゆる大学生ではなく，神学アカデミーの学生である．

復活祭の日に猟に出るような神学生だが，帰途に農夫母娘に聖書の話をする．この話に涙する母娘に大学生は感動する．

『わびしい話』では及第点をせまる医学生に，退学を勧める主人公の教授は「5年棒にふったほうが，これから一生きらいな仕事にたずさわるよりもましだね」と言う．

私事で申し訳ないが，筆者も病弱な父のためにという家族の強い勧めもあって教師を諦め医学の道を選んだ．しかしどうしても医学に関心がもてず，6年間を「棒にふって」しまった．

途中で京都の農学部へ逃げることもできたのだが，家族や親族の反対にあうとだらしなくそれに従った．しかし医師として病弱な父のために役立つことは何ひとつなかった．

「一生きらいな仕事にたずさわる」ところだったが，日常診療の中で医療と社会との結びつきに関心をもたざるを得なくなった．長崎の地で町医者として地域の人びと，被爆者，労働者，障害者の方々に支えられて，後半の人生を過ごすことができ心から感謝している．

4　専門学校ほか

『泥棒たち』では准医師養成学校を卒業した准医師[4]が主人公である．

チェーホフが描いた頃は村で戦争中に勤務していた，軍の准医師短期養成コースを経た兵士たちが働いていた．広大なロシアでは医学教育の遅れもあって，大学卒の医師より准医師が多かった．

「本当の医者なんざあ，野原で風を追いかけるも同じさ」(『追放されて』)

このような教育の後で，無学な医師がいい加減な処方を出したりして『村の医者』の役割を担っていたのである．

『一般的教養』では郡学校出身の歯科医の会話が面白い．

「歯医者の数が歯よりも多くなったためか」一向にはやらぬ歯科医が別荘を2軒も持ち，幌馬車を乗り回している裕福な同級生に相談する．

彼は「一般的教養」の必要性を語る．

大事なのは大げさな設備，大きい看板，誇大広告，もったいつけた診療態度だと例を挙げて笑わせる．インターネットが普及し，医療機関(とくに民間療法)の宣伝方法もかなり露骨になって，チェーホフの方法が正しい？ことを証明している．

患者減少に嘆く医師はぜひ一度お読みいただきたい．

5　男女平等の教育と女性の自立

チェーホフにはひとひねりした男女平等の教育論がある．

「今日の男性が不幸を見た時に経験するもの悲しい同情の気持ちや良心の痛みのほうが，いたずらな憎悪や嫌悪よりも遙かに文化や道徳的な成長について雄弁に語っているように思う．今日の女性は，中世の女性と同じように涙もろくて情操に欠けている．わが輩に言わせれば，だから，女性に男性と同じ教育を受けさせようと勧告する人びとは，全く道理にかなった振舞いをしているわけである」(『わびしい話』)

「まず，男性は彼等の騎士でもなく情人でもなくて，あらゆる点で同等な隣人であることは，お襁褓の時代から娘に吹き込んでやるのです．論理的に普遍的に思考することを教え，決して彼等の脳味噌の目方が男性より軽いとか，それ故に科学や芸術や，一般に文化の問題に無関心でいていいなどと思い込ませてはなりません……」(『アリアドナ』)

『アリアドナ』では「既に女性の間には教化と両性同権に向かっての燃えるような追求が見られ，自分はそれを正義への追求と承知しているが……」とある．

女子の中・高等教育の拡大は必然的に「両性同権に向かって燃えるような追

求」が行われ，高等教育の充実とともに女性の自立を促すことになる．

『わが人生』の主人公の姉は自立して小学校教師か薬剤師で働くことを希望し，『中二階のある家』では姉娘は「郡立小学校の女教員をして，25 ルーブルの月給をもらっていた．彼女は自分の身のまわりにはその金しか使わず，自立の生活をしていることを誇りにしていた」とある．

『三人姉妹』では末娘のイリーナは「働かなくちゃ，ただもう働かなくてはねえ！ あした，あたしは1人で立つわ．学校で子どもたちを教えて，自分の一生を，もしかしてあたしでも，役に立てるかもしれない人たちのために，捧げるわ……．あたし働くわ，働くわ」と決意する．その他晩年の作品『いいなずけ』『かもめ』『桜の園』には自立する女性が描かれている．

このように女性が1人の人間として目覚め，権利を主張する時代へと入っていく．

6　宗教教育

『コゴメナデシコ』ではユダヤ人の青年は「向こうでは民衆全体が貧乏で，迷信深くて，学問を嫌うんです……．教育というものが宗教から人間を切りはなすからなんですよ」と科学的知識の除去・中和を基本にした政策の影響を語っている（第2章）．

教会附属学校が正教精神による国民教育の拡大を企図した国家政策に則って設立された．郡会設立学校に対抗して急速に拡大し，1881年以来10年間で約5倍に増加している（第2章）．教会附属学校については監督権限が文部省ではなく宗務院，最高宗務監督局に権限があり，農村の初等教育に宗教教育が重視されている．『悪夢』では教師になった司祭を非難する場面がある．おそらく無資格教師であろう．

「不潔で，だらしがなくて，粗野で，バカで，おまけにどうやら飲んべえと見える．冗談じゃないよ，あれでも牧師かね，神父なのかね！ あれが民衆の教師だとさ！」

「あんな男を司祭にするなんて，僧正はいったい眼をどこにつけてるんだろう？ あんな教師を与えたりして，民衆を何だと思ってるんだろう？」

「全く，あんな男を司祭にするなんて，僧正はいったい目をどこにつけてるんだろう」

当時の司祭など民衆と接する僧侶の知的・道義的水準が教師として不適であ

ることをチェーホフは描いている（『悪夢』）．

7　家庭教育

　教育への貴族の要求が高まりロシアにおける教師の不足から，外国人教師を雇用，教育的資質や素養に欠ける家庭教師も採用された（第2章）．
　チェーホフの作品にもその名残にロシア語を全然話せない家庭教師（『アルビヨンの娘』）や出自も定かでない大道芸人上がりの『桜の園』のシャルロッタがいる．また鶴亀算の計算もろくにできない中等学校7年生の家庭教師も登場する（『家庭教師』）．
　トルストイの自伝的小説「少年時代」には「わたしは靴屋だった，わたしは兵隊だった，わたしは脱走兵だった，わたしは職工だった」と告白する善良なドイツ人老家庭教師が登場する（トルストイ・藤沢 貴訳「少年時代」1971）．
　家庭教師は女性が多く，「満足にふくれ返って暮らしているのは，あの中年の，鼻めがねをかけた，頭の足りない老嬢」家庭教師（『往診中の一事件』）のような例外もあるが，一般に低賃金や身分的，性的差別に苦しみ，チェーホフもいくつかの小品にとりあげている（『家庭教師』『ぐず』『一家の父』『大さわぎ』『ジーノチカ』『大問題』『金のかかる授業』）．「彼女にとって1ルーブリの金がどれほど貴重であり，この仕事を失うのがどれほど辛いかをさとった」（『金のかかる授業』）．
　たとえば『大さわぎ』では，貴族の女主人が家庭教師にブローチ紛失の嫌疑をかけ，留守中に彼女の部屋に入り捜索する．屈辱を受けた女性家庭教師は復讐を空想する．

「彼女を苦しめたのは，あの無感覚な，あの傲慢な，幸福な女の横っ面を，行って張り飛ばしてやりたいという激しい欲求であった」

『家庭教師』には6ヵ月も給与の遅配で困惑する中等学校7年生の家庭教師が描かれているが，屈辱的な家庭教師の経験をしたチェーホフ少年の姿であろう．

8　その他

　『かしこい屋敷番』「学問は光，無学は闇」で本や雑誌よりましなものはないとする屋敷番が従僕や小間使いたちに教訓を垂れる．屋敷番は勤務中に本を読み警察に見つかり，分署に呼びつけられる．彼の教育をまじめに実行している読書中の従僕や小間使いたちに当たり散らす．
　『職務の用事で』では近代化にともなう官公庁からの通達の配達，報告書の作

成などをする百人長が登場する．このような政府からの要求にこたえるための教育が一定の経済的負担をともないながらも農民からの教育への要求のひとつになったものと思われる．

最後にチェーホフ的教育論を1つ．

『どっちがよいか』では学校と居酒屋を比較して優劣を論じている．

居酒屋でのアルコールは新陳代謝を促進して人を陽気にさせる，消費税をもたらす，食欲を増進させるため，居酒屋の閉鎖には反対．学校にはこれらのことができないが，教育の効果で「居酒屋」という字を読むことができる．

読めなければ居酒屋に入ることができないので軍配を学校にあげる．

第7節　教師の実態

1）教師の理想像

学校建設や学校とのかかわりの中でチェーホフは教師の地位の低さ，低賃金，健康状態，民衆や子どもたちへの教育に対する政府，自治体の消極的対応を知ったのである．

ゴーリキーとの対話で「ロシアの田舎はどこの村でも，知的で教養ある教師をひとり必要としているのです！」「教師というものは，自分の職業をこよなく愛する優れた人間であるべきです」と述べている（第4章）．

『三人姉妹』には「これまで人類は戦争また戦争で忙しく，遠征だの侵入だの凱旋だので，その全存在をみたしてきましたが，今やそういう時代は終わりを告げて，あとにはじつに大きな空洞があいています．それは当分，何によっても満たすすべはないでしょうが，人類は熱心に捜し求めていますから，無論みいだすに相違ありません．ただ一刻も早いことが，望まれますがねえ！〈間〉ね，いいですか，勤勉に教育を加え，教育に勤勉を加えるならばですよ」と述べ，教育と努力による平和への道を説く陸軍中佐がいる．

2）教師の環境

『生まれ故郷で』では「学校だの，村の図書館だの，義務教育だのと，話こそ尽きないけれど，もしあした顔なじみの技師たちや，工場主や，婦人たちが気取りではなしに真実，教育の必要を信じていたとしたら，どうして現在のように，わずか月15ルーブルの俸給を教師に出し渋ったり，彼等を餓死させたり

できよう！学校といい，無学を嘆く会話といい，要するにそれらは良心の呵責を和らげるため，つまり自分たちが広大な地所を所有していて民衆に冷淡であるのが，内心はずかしいからに他ならない」と手厳しい．

また工場に学校を建てる医師である夫も「なるほど彼は，古い工場の石を使い，800ルーブルほど投じて学校を建てた……．しかし彼は手持ちの株を投げ出すことはしまいし，百姓たちも彼と同じ人間であるだの，彼らもこの情けない工場の学校ばかりでなく大学で教育を受ける必要があるだのといった考えは，おそらく今後とも彼の頭には浮かぶまい」

抑圧された中等学校は新入りの教師から見ると「実際，みなさんはよくこんなところに住んでいられるものだ！ここの雰囲気たるや，窒息しそうなほど汚れきっている．あなたたちはそれでも教育者ですか，教師なんですか？あなたたちはまるで小役人だ，あなたたちの学校は学問の殿堂じゃなくて，警察署だ，じじつ留置場のように酸っぱい匂いがただよっている」(『箱に入った男』)

チェーホフは教育に対する富裕層の無理解や自由を奪われた教師を批判している．

3) 教師の低賃金

「本職の教師をロシアやシベリアから招き，彼らに看守が受けているのと同じ俸給を定めることが最も簡単なように思えるが，そのためには，教育事業に対する見解を根底から変え，これを看守の仕事よりも軽視しないことが必要だった」(『サハリン島』)と看守以下の低賃金の根底にある当局の教育に対する無理解を批判している．主語はチェーホフであり，彼の意見である．

当時は『かもめ』の冒頭に貧困を嘆く教師メドベジェンコの台詞のように教師の賃金は低かった．「僕なんか，あなたに比べたら，ずっと生活は苦しいですよ．月に23ルーブルしか貰っていないのに，そのなかから，退職積立金を天引きされるのですからね」

『ランドー馬車で』では従僕40ルーブルよりも小学教師の賃金が月30ルーブルと低い．『教師』でも年200～300ルーブルの賃金が普通とされるが，自分は500ルーブルを貰っていると言い，『歌うたい』では村の聖歌僧が小学校の音楽教師を60ルーブル／年で引き受けている．『中二階のある家』では姉娘は「郡立小学校の女教員をして，25ルーブルの月給をもらって，自立の生活をしていることを誇りにしている」

『生まれ故郷で』では主人公の女性は月21ルーブルの俸給で働いている．
　したがってチェーホフの時代の教師の賃金は年200～500ルーブル程度であったと思われる．郡会議長や「家にすっこんでりゃいい」治安判事の年俸が2400ルーブルというのに（『運がない！』），この疲れきった教師の俸給は月にわずか21ルーブルである（表2-11，65頁参照）．

　4）教師の労働条件
　このような低賃金ではたらく当時の教師の労働条件も厳しいものがある．
　『三人姉妹』の長女オリガと三女のイリーナ（電信局）は夜の8時過ぎにも「帰ってこないわ．働きづめなんだわ，可哀そうに」といわれ，オリガは校長でいながら学校に泊まり込んで，疲れ果てている．
　次女マーシャの教師（中等学校）の夫も「わたしはきのう，朝から夜の11時まで働きづめで，くたくたでしたが……」という．
　『荷馬車で』の女性教師も「教師にせよ，貧しい医者や代診にせよ，その労働の計り知れない広がりにもかかわらず，自分たちの理想に，民衆に奉仕していると考える慰めさえ持ちあわさない．というのは，四六時中，ひと切れのパンや，薪や，悪い道路や，病気のことで頭がいっぱいだからである．生活は困難でつまらない……．使命だの，理想にかなった奉仕だのを口にしている活気にあふれた，神経質な，感じやすい人たちでは，すぐに疲れて仕事を投げ出してしまう」

　5）教師の社会的地位
　先述のように教師は出身階層の低さから貴族たちからは知識をもった下僕と見下され，鬱屈した日々をおくっている．
　『運がない！』では「あんな小学校もなくして見せる！　教師の中に飲んだくれや社会主義者を見つけしだい，首にしてやらあ！　匂いもしないようにしてやらあ！」と貴族がわめき，「大学まで出た教育のある男が百姓女みたいな偏見を信じる」とチェーホフはからかっている．
　『女の王国』では「頭のつるりと禿げた，眼つきの鋭い旧信者である工場長のナザールイチは，およそ学校の先生とそりがあわなかったが……．ナザールイチは彼（先生）に高飛車な，乱暴な態度をとって俸給を遅らせたり授業に口出したり，あげくのはてには彼を追い出すために，自分の妻の遠縁にあたる酔いどれの百姓をクリスマスの2週間ほど前に学校の番人に入れた．この百姓は，

先生の言うことを聞かないばかりか，生徒たちの面前で彼に横柄な口を利いていた」と教師の社会的な地位の低さが工場内学校にも反映されている．

女性教師は「彼女はまた，郡役場に腹立たしさを感じていた．昨日たずねた時には誰ひとりそこにはいなかったではないか．何という乱脈ぶりだろう！もう2年ごし彼女は，何の役にも立たないばかりか，自分に乱暴な口をきいたり，生徒たちを殴る守衛の免職を頼んでいるのに，今もって誰ひとり彼女の願いを聞いてくれる人もいない．郡会長は容易に役場で見つからず，もし会えたとしても，彼は眼に涙を浮かべて，暇がないものだからと言う．視学官は視学官で3年に1度学校へ来ればいいほうで，仕事のことなどおよそ念頭にない．というのは以前，税務署につとめていたのが，ある縁故で視学官の地位についたからである．また世話人は，皮革工場をやっている無学な百姓で，頭が鈍いうえに粗野で，守衛とは大の仲好しである —— といったわけで，苦情や訴えを持ち込む先がないのである」（『荷馬車で』）といった教育に無関心，無気力な当局を批判している．

第8節　生への渇望

未来の幸福のための労働であるとすれば，肯定的な未来をつくり出すために生への渇望が生まれる．

このようには生きていけない生として作品の中でくりかえされる（『ともしび』『わびしい話』『無名氏の話』『女の王国』など）

『ともしび』
「あたしだって，本当の生き方がしてみたいのです」
『六号室』
「僕は恐ろしく生きたいんです，恐ろしく！」
『女の王国』
〈あたしもうこんなふうに生きて行けません〉と彼女は焼けつくように言った．〈もうだめなの！〉」
『無名氏の話』
退職海軍大尉の主人公「どんなに生きたいと思ったことだろう！」
「私は恐ろしいほど生きていたい．われわれの生活が大空のように清らかで気高く荘厳になってほしい．ああ，生きていようではありませんか！」

「こんな生活があるものか！……ああ，こんなふうに生きてゆくことはできない！できるものか！これは狂気だ，犯罪だ，生活じゃない！」
「ああ，生きていたい！生きてさえおれたら ── あとは何も言うまい！」
〈私は恐ろしいほど生きていたい．われわれの生活が大空のように清らかで気高く荘厳になってほ生きていたい！〉と私は心底から言った．〈生きていたい，生きていたい！平和がほしい，静けさがほしい，暖かさが，ほらあの海がほしい……ああ，この燃えるような生の渇望を，あなたにも吹き込みたい！〉」

『殺人』

サハリン送りとなった殺人犯ヤコフは「ホームシックに胸がしめつけられた．生きて行きたかった……．たとい一日でも苦しみのない生活を送ってみたかった」

『いいなずけ』

「〈あたしだって生きたいのよ！生きたいのよ！〉こう彼女は繰り返して，2度ほど拳で胸をたたいた．〈あたしにも自由を頂戴！あたしはまだ若いのよ，生きたいのよ，……〉」

『ヴァーニャ伯父さん』

「生きていきましょうよ．長いはてしないその日その日を，いつ明けるとも知れない夜また夜を，じっと生き通していきましょうね．じっとこらえて行きましょうね．今のうちも，やがて年をとってからも，片時も休まずに，人のために働きましょうね」

『無名氏の話』

ジナイーダの忘れ形見の娘を「私はこの女の子を無我夢中で愛した．彼女の中に私は自分の人生の延長を見た．そうして，やがて私が……肉体を放棄する時がきたら，今度はこの青い眼や，ブロンドの，絹糸のような髪や，こんなにも優しく私の顔を撫でたり私の首を抱きしめたりするこの柔らかい，バラ色の小さな手のなかに生きようという，そんな気がした」

当時は不治の病である結核のため，身体的には絶望的な状態であった晩年のチェーホフの叫びのように聞こえる．

チェーホフは反動期の戒厳令下のようなロシアの現状を，「このようには生きていけない」自由に生きたいと書いたのであろう．

第9節　進歩と未来について

　生きぬくことは未来に生きる希望をもつことである．晩年のチェーホフには輝かしい未来を期待する．
　「私は佇立して心に思った —— 今にどんなに完全な聡明な剛毅な生活が，この両岸を輝かすことであろうか」(『シベリアの旅』)
　1890年サハリンに向かう途中，エニセイ川の岸辺に立ってチェーホフはこのように記している．『シベリアの旅』は小説や戯曲と異なりルポルタージュである．したがって彼の期待である．彼の晩年の作品に見られる未来への展望は必ずしも具体的な生活体験を持った人物が語るわけではない．
　『三人姉妹』のヴェルシーニン中佐は自殺企図をもつ妻をかかえ，どこか夢を語っているようで確信が見えない．桜の園の万年学生にしても学生運動のリーダーにはとても見えない．活動家ならば田舎でくすぶったりはしないだろう．そのわりには大言壮語が目立つ．
　また『手帖』にも「もし君たちが現在のため働くなら，君たちの仕事はつまらんものになるだろうね．ただ未来だけを考えて働かなきゃならない……．人類はいつも未来によって生きてきた」とある．
　チェーホフは作品の中で自己を主張することを極端に避けたといわれる．
　たとえば二義性の表現として『中二階のある家』の主人公の画家は姉妹のリーダが行っている社会活動を批判して民衆の要求を引き揚げるだけで役にたっていないと述べる．しかし既述のように「小さな仕事」は彼がもっとも忠実に実行しているのである．
　彼を知る作家クプリーンに「ご存じですか．200年か300年も経つと，地上はすべて花園に変わるのです．そして人生はその時，非常にさわやかで，心地よくなるでしょう」
　さらに「ねえ君，このことをご存じですか？ ロシアには10年たてばきっと，憲法ができますよ」と深い信念にみちた調子で語ったという．
　「彼の晩年の作品のすべてに，あのように優しく，もの悲しく，美しく反映した，来るべき人生の美という思想は，彼の生涯においても，もっとも誠意ある，もっとも大事にされてきた思想の１つであった」(クプリーン 1970)
　チェーホフがあるサナトリウムに立ちよった際そこに入院していたキセリョ

フにこう語ったという「……すでにあたたかい風が吹いてきている．もう自由の夜明けがやって来ている．闇はなくなり，警官もいなくなるだろう．ロシアのどんな辺地にも学校ができるだろう．そして辺鄙なところもなくなる．坊主たちもいなくなり，国民は自由に呼吸し，自分の意思を発表するようになる．ぼくが期待しているのはこれなんだ．きっとそうなる！」キセリョフの回想記（1940年）による（佐藤1966）．

　彼の晩年の作品に見受けられる人類を待つ喜ばしい未来というチェーホフのモチーフが響いている．再び状況や人物を考慮せず例をあげると
『ともしび』
　「わたしたちのあと100年なり200年なりすれば，すぐれた人たちがここに工場や，学校や，病院を建てて，機械がうなるようになるんだよ！」
『六号室』
　「まあご安心なさい，大丈夫よりよい時代は必ず来ますよ！……新しい生活のあけぼのがあかあかと輝いて，正義が凱歌をあげる時が必ず来る，そうして，われわれの町に祝日が訪れるのです！ 僕は待ちきれずにくたばってしまうが，そのかわり誰かの子孫たちが運よくその日にめぐり合う．僕は心底からの挨拶を彼らに送って喜ぶ，そう，彼らのために喜ぶのです！ 前進！ 諸君に神の守りあれ！」
『三年』
　「……人間間の平等ということは，肉体的に不可能なんだよ．しかしね，文化人はこの不平等を無害なものにすることができるんだ．教育もそれとまったく同じことを人間に対してなし得る，と考えていいんじゃないかな．生活はたえず前進しつづけているし，文化はわれわれの見ている前でいちじるしい成功をおさめているんだものそのうちきっと，女の子を犬1匹に見かえたかつての農奴制が今日のわれわれに不条理と思われるのと同じように，現在の工場労働者の状態が不条理と思われるような時代が来るだろうね」
　「未来では，まだ，何かがわれわれを待っているんだ！ もう少し生きのびて，それを見ることにしよう」が最後にもくり返される．
『知人の家で』
　「仕事のシの字も知らない彼女が，今や独立独歩の働く生活にあこがれ，未来の設計を立てていた．その心意気が彼女の顔にありありとあらわれ，自分が働いて他の人びとを助けるそうした未来の生活が，彼女には美しい，詩的

なものと映っていた」

「もし恋の話が出るにしても，それが新しい，高尚な，合理的な生活の形態，—— われわれがたぶんもうその前夜に暮らしていて，時どきは予感を抱くあの新しい生活の形態を呼び招くようなものでなければならない」

『往診中の一事件』

「……生活がこの静かな日曜の朝のように明るく嬉しくなる時代のことを，もしかするともうすぐそこまで来ているかも知れないそうした時代のことを，考えていた」

『いいなずけ』

「ああ，少しでも早くその新しい，明るい生活が来てくれたら！ そうすれば，自分の運命を真っ直ぐに大胆に見つめて，自分が正しいという自覚を持ち，朗らかな自由な人間になることができるだろうに．そうした生活は，遅かれ早かれ必ずやって来る！」

「……すると目の前に，新しい，広い，はてしない生活が浮かんできて，このまだぼんやりした，秘密に満ちた生活が彼女を魅惑して，さし招いた……．そして明くる日の朝，身内の人びとに別れを告げて，生き生きとした晴れやかな気持ちで町を去った．—— 二度と帰るまいと思いながら」

1903年に書きあげられた『いいなずけ』はヴェレサーエフによればヒロインのナージャは革命には参加しないだろうと述べたところ，チェーホフはそこにいたる道はいろいろあると言ったとされる．いわば革命への参加については肯定的ととれる発言である．

2年後には第1次ロシア革命が起こっている．

『三人姉妹』

オーリガ「わたしたちの苦しみは，あとに生きる人たちの悦びに変わって，幸福と平和が，この地上におとずれるだろう．そして，現在こうして生きている人たちを，なつかしく思いだして，祝福してくれることだろう」

「今や時代は移って，われわれ皆の上に，どえらいうねりが迫りつつあります．逞しい，はげしい嵐が盛りあがって，もうすぐそこまで来ている．間もなくそれは，われわれの社会から，怠慢や，無関心や，勤労への色めがねや，くされきった倦怠だのを，一掃してくれるでしょう」

「200年，300年後の地上の生活は，想像もおよばぬほど素晴らしい，驚くべきものになるでしょう．人間にはそういう生活が必要なので，よしんば今

のところそれがないにしても，人間ははそれを予感し，待ち望み，夢み，その準備をしなければなりません」

「もしかすると第六感というやつを発見して，それを発達させるかもしれない」「200年，300年したら，いやいっそ千年もたったら —— そんな期限なんか問題ではないが —— 新しい幸福な生活がやって来るでしょう．その生活に加わることは，もちろんわれわれにはできないが，その新しい生活のために現在われわれは生きているのであり，要するにそれを創造りつつあるわけで —— この一事にこそわれわれ生存の目的もあれば，また言うべくんば，われわれの幸福もあるわけです」

「われわれはただ，働いて働きぬかねばならんので，幸福というものは —— ずっと後の子孫の取り前なんですよ」

『桜の園』

「私たち新しい庭をつくりましょう」

「さ，いっしょに行きましょう．出て行きましょうよ，ねえ，ママ，……わたしたち新しい庭を作りましょう，これよりずっと立派なのをね」

「人類は，この地上で達しうる限りの，最高の真実，最高の幸福をめざして進んでいる．僕はその最前列にいるんだ！」

「さようなら，古い生活！」

「ようこそ，新しい生活！」

「ロシアじゅうが，われわれの庭なんです．大地は宏大で美しい．素晴らしい場所なんか，どっさりありますよ」

筆者はチェーホフのこれらの明るい，未来へのメッセージの洪水に芸術家としての彼の鋭い予感を感じる．

晩年のあふれるような明るい未来へのメッセージには絶望的な当時の健康状態から発せられていたことを思うと驚くほかはない．

「僕は日を追うごとにますます確信を深めて行くんだけど，僕らは偉大な勝利の前夜に生きているんだよ．僕もその時まで生きのびて，みずから参加したいものさ……．僕の考えでは，今やすばらしい世代が育っているね．子どもたち，それに少女たちに授業をしている時なんか，本当に喜びをおぼえるもの．実にすばらしい子どもたちだからね！」（『三年』）

チェーホフには「過去から現在に連なる鎖」（『大学生』）を感じ，未来にいたる時間・空間を予感する「原始的な皮膚感覚」があるのではないだろうか．

あの絶望的な健康状態の中でも，宇宙に広がる感覚をもって子どもたちが創り出す輝かしい未来に希望をもっていたのであろう．同時に第1次ロシア革命を前に躍動する民衆のエネルギーも強く感じていたであろう．

このように見ると，晩年のチェーホフが期待したのは次の世代である子どもたち，未来であり，そのために彼が心を砕いたのは教育であったと考える．

註

1）「健康」「医者」：新聞名である，「医師」紙については当時社会的にも大きな役割を果たしている（拙著「医師チェーホフ」72頁）．
2）胆汁質：短気，行動力有り，傲慢，意地悪など．
3）ロシアの成績は5点制で2点以下は不合格（表3-2、90頁）．
4）准医師：医療類似行為をする医療経験のある治療師．広大なロシアでは医師養成のおくれもあり速成の准医師による医療で対応していた．『村の医者』『外科』『不快なできごと』『六号室』など多く登場する．詳しくは拙著「医師チェーホフ」71頁参照．

補遺：チェーホフと宮沢賢治

　チェーホフと宮沢賢治（以下賢治）の思想や文学について語ることは筆者の能力をこえるが，2人の共通点について関心をもった．
　このためチェーホフと賢治に造詣が深い萩原美智子氏に教えを乞うたところ，彼女から「賢治とチェーホフ」と題した詳細な論文が送られてきた．
　賢治（1896～1933）には詩集「春と修羅」の中に「マサニエロ」（1922）という詩に

「蘆の穂は赤い赤い（ロシアだよ　チェーホフだよ）
　　はこやなぎ　しっかりゆれろゆれろ（ロシアだよ　ロシアだよ）」

とする一節がある．
　萩原氏によるとチェーホフ存命中の1903年に最初のチェーホフ作品の翻訳が行われ，1908年には単行本が出版，以後作品やチェーホフに関する著作が出版されている．
　このため賢治はチェーホフの作品に接する機会はあったと推測されている．
　「マサニエロ」は作品として賢治とチェーホフの唯一の接点と思われるが，氏はチェーホフが崩れゆく自然の生態系を描いた『牧笛』（1910年以降翻訳あり）の影響で，自然を見つめた2人の共通点を想像しておられる．
　ほかにも論文の最後にこの2人の天才作家の共通点について述べておられる．
　筆者も共感するので現象的な共通点について観点をかえて少し述べてみたい．

第1節　共苦の感性

　チェーホフが幼児期から他の動物を含め人が虐待されるのを見ると，震えて泣いたといわれる．短編『発作』の主人公のような「他人の苦痛を自分の心に反映させ得る」「一種特別な人間としての才能」を持っていた思われる（第3章）．
　賢治は幼年時代に友人が事故で指を怪我したとき「痛かべ，痛かべ」といいながら思わずその傷ついた指を自分の口の中に入れてやったという．

「ああまたあの児が咳しては泣きまた咳しては泣いて」いる可愛い3つの姪の「ただかの病かの痛苦をば私にうつし賜はらんことを」と祈る詩がある（「この夜半おどろきさめ」）．

賢治は小さな虫も殺すことができなかったという．

このような鋭い共苦の感受性をチェーホフと賢治はもっていたのであろう．

この感受性はともに貧しい，虐げられ差別されている人々への共苦の思想として現れているのではないだろうか．チェーホフは妹マリア宛の遺書で，少年時代にともに店番をした店員の娘の中学の学費を支払う約束を果すよう妹に依頼している．

最後に「……貧しい人たちに援助を与えておくれ，お母さんを大切に，仲よく暮らしてください」と結んでいる．

結核の末期にあった賢治も肺炎に効くからと，母がだまして飲ませた薬が鯉の生ぎもとわかると「みるみる賢治の目から涙があふれでた．〈生きものの命をとるくらいなら，おれは死んだほうがいい〉」と弟に言ったとされる．

臨終に際し遺言をうながされて，賢治は国訳の「妙法蓮華経」千部の印刷とその中に「私の全生涯の仕事は此の経をあなたのお手許に届け，そして其の中にある仏意に触れてあなたが無上道に入られん事をお願いするの外ありません」と書くよう父に依頼している．賢治は臨終の言葉で千人の人に「無上道」すなわち最高の悟りを願い，「世界がぜんたい幸福にならないうちは個人の幸福はありえない」とする彼の主張を具体化した．

チェーホフの「貧しい人々への援助」をとする彼の遺言にも，賢治との接点を見る．

第2節　こよなく愛した自然

2人ともタガンローグと花巻という首都から離れた地方の出身で，自然に恵まれた環境に育っている．

チェーホフは小さい時から豊富な自然体験をもち，釣り，狩猟，キノコ採りなどの趣味をもち，とりわけ釣りを好み，作品にも反映されている．

また馬，犬などの動物を可愛がっていた．作品にも第5章で示すような『曠野』をはじめロシアの自然を描いた作品は多い．

賢治は雪の多い東北で，中学時代からはさかんに山野を歩きまわり，野宿が

好きで,「風とゆききし雲からエネルギーを取ってきた」生活の中で大宇宙と交感し,ときに銀河系全体をひとりの自分と感じるほどであったという.

作品も自然との密着度がきわめて強い.

「これらのわたくしのはなしは,みんな林や野原や鉄道線路やらで,虹や月あかりからもらってきたものです」(「注文の多い料理店〈序〉」)

賢治は幼い頃から石に深い関心を示し,「石こ賢さ」といわれ,同時に天文学にも熱中して,彼の多くのイメージの源泉となった.

盛岡では顔を出している岩で賢治のハンマーで叩かれない岩はないといわれるほどであったという.土壌学の専門家として後に農業指導で発揮することになる.賢治の作品における自然現象,動植物の生態は自然科学の該博な知識をともなって,豊かなイメージの世界を広げている.

2人の作家にとって切り離すことのできない自然について,チェーホフは当時のロシアの環境破壊を告発し,保護のため植林を行う医師を戯曲に登場させている(『芦笛』『ワーニャ伯父さん』).賢治もやせた土地に虔十が植えた杉の木がやがて子どもたちの遊び場になる「虔十公園林」を描いて『ワーニャ伯父さん』の医師との類似を思わせ,未来につながる自然の保護を訴えている.

第3節 弾圧下における作家活動

チェーホフは第1,2章で述べているように,「ロシアの黄昏」といわれた帝政ロシアの反動期に作家活動をはじめたが,表現の自由が奪われ,検閲を考慮しての創作となった.

晩年の『三人姉妹』『いいなずけ』『桜の園』などにはロシアの夜明けを暗示する内容が見られる(第5章).

賢治は日清戦争終結の翌年1896(明治29)年生まれ,中学に入学した翌年(1910年)には明治政府は大逆事件をでっち上げている.日露戦争をへて列強の抗争の中で1917(大正6)年のロシア社会主義革命がおこり,国際的にも労働運動が高揚した.

シベリア出兵の翌年(1923年)に盛岡高等農林学校を卒業.在学中同人誌に親友の保坂嘉内が投稿した文章が危険思想とみられ退校処分を受けている.

これに対して政府は1925(大正14)年治安維持法の制定による弾圧を強化し(1928(昭和3)年に最高刑死刑へ),1931(昭和6)年の「満州事変」をきっか

けに本格的な中国への侵略戦争に突入する．

このような社会情勢の中で賢治は作家として活動したのである．

賢治も盛岡高等農林の学生時代から社会主義の著作などを読み，蔵書もあるとされる．

それらの影響と見られる著作「オッペルと象」「ポラーノの広場」や詩集「春と修羅」などにも見られる．

第4節　専門性を生かした社会活動

チェーホフはタガンローグ中等学校からモスクワ大学医学部で学び，賢治は盛岡中学（石川啄木の10年後輩）から盛岡高等農林学校（現岩手大学農学部）へ進んでいる．

チェーホフはメリホヴォ時代には日常診療はもちろん，コレラの予防活動や地域の健康管理活動などの事業に積極的にとりくんでいる（第4章）．

文学との関係についてチェーホフはこう述べている．

「疑いもなく医学の勉強をしたことは，私の文学的活動に痛切な影響を与えております．それは私の観察の範囲をいちじるしくひろげました．そして私の知識を豊かにしてくれたのです．……それらはこのようにして，指導的な影響力をもっていたのです」（ロッソリーモ宛1899年10月11日）．

賢治は農業技術の専門性を生かして土壌の改良，肥料の配合などの農民に対する直接の具体的な指導を怠らなかったとされる．

結核に苦しみながら，設立された羅須地人協会で稲作，園芸，肥料，科学などの講義や，肥料設計事務所を設けて無料相談に応じ，手弁当で農村をまわって肥料や稲作の指導を行った．東北採石工場の共同経営者，技師として指導に飛び回っている．

評伝によると彼は死の2日前に肥料の指導を乞うて来た農民に対し，家族が心配して止めるのも聴かず，病床から起き上がり，着替えて農民に懇切丁寧に指導しているのである．驚くべき誠意と責任感である．

2人はほとんど報酬を受け取らなかったことでも共通している．

また文学活動を行いながら当時の新しい科学を積極的に吸収し，作品に反映させている点でも共通している．チェーホフは晩年まで新しい医学の吸収に努力している．

当時の新しい医学である精神科学（『六号室』『黒衣の僧』など），公衆衛生学（『サハリン島』）を反映した作品を著した．

賢治も当時の先進的な科学であるアインシュタインの相対性理論や化学を学び，作品に反映させ，農学生や農民への実地指導に役立てている．

第5節　熱心な教育活動

チェーホフは学校建設，学校委員，図書の寄贈などで貢献した（第4章）．

賢治は稗貫農学校（のち県立花巻農学校）の教師として生徒の自主性を重んじ，自由で個性的な教育を行っている．チェーホフの短編『箱に入った男』の主人公ベリコフように，きまりきった貧しい尺度で生徒を規制することが子どもの自由な発想と行動をいかに束縛するか，賢治は知っていた．

彼の教育は体験（観察，調査，作業）を重視してともに汗を流し，対象が農業であるためきわめて実践的である（「台川」「イーハトーボ農学校の春」「イギリス海岸」）．

どの生徒も固有の価値をもち，偏差値などの点数で評価できるものではない．

賢治は基本的な知識について徹底して教え，点数や序列を無視したという．

「どんぐりと山猫」「セロ弾きのゴーシュ」などには彼の教育観がうかがえる．

彼に教えを受けた生徒たちの回想を読むと現在の管理主義的な教育現場には見られない豊かな想像力，独創的な発想，教育への熱意がうかがわれ，このような教師の授業を受けたいと切に思う．たとえば生徒の喫煙に対しても，賢治は黒板の前に立たせてニコチンの方程式を書き，生徒に質問をくりかえし，最後にニコチンによりモルモットが死亡するといった体験的にニコチンの害を説く方法をとったという．

このような場面でも十分な動機づけ，心からの納得，感動をともなった教えといった教育の基本が生かされている．

チェーホフも『家で』で述べているように，ニコチンの害よりも罰，退学という処分に重点がおかれ，成人してもトラウマとして残るた当時のロシアの風潮を批判している．

現在の日本にとっても十分通用する課題であると考える．

チェーホフの中篇『曠野』で進学する主人公の少年に老人は「1つの智慧は，おっ母さんが生む時にくれたものだが，もう1つは勉強から，3つ目の智慧は

立派な生活から生まれるもんだ」という．3つ目の智慧とは遺伝的環境，受けた教育のほかに自然とのふれあい，人間的な交流，職業や芸術などの豊かな感情をもった生活がもたらす智恵を指すのであろう．2人の作家は「立派な生活」から生まれた巨大な「智慧」をもっていた．

第6節　勤労・公正の重視

　チェーホフも賢治も短い作家活動の中で膨大な作品を残している．
　ともに身を挺して働きながら他人にも勤労を勧めている．
　チェーホフは父親譲りの勤勉さでもって，医学生としての勉学とともに小説を書いて貧窮のどん底にあえぐ一家を支え，コレラの予防活動に奔走し，サハリン島での超人的な取材活動，飢饉の救援に献身している．
　また公正を求めてドレフュース事件などのユダヤ人差別に反対し，ゴーリキーのアカデミー会員取り消しに対し抗議して退会している．
　賢治は花巻農学校の教師時代も生徒とともに耕し，肥桶をかつぎ，収穫し，指導を行った．精力的な作家活動と社会教育者としての活動を結合させ，農民の指導に当たっている．同時に2人は他人の勤労の成果を横取りする者に対して厳しい批判の眼を向けている（第5章，チェーホフ『桜の園』『いいなずけ』，賢治「注文の多い料理店」「ポラーノの広場」など）．
　『三人姉妹』では人類がくりかえしてきた戦争また戦争の時代，「今やそういう時代は終わりを告げて，あとにはじつに大きな空洞があいています．それは当分，何によっても満たすすべはないでしょうが，人類は熱心に捜し求めていますから，無論見出すに相違ありません．ただ一刻も早いことが，望まれますがねえ！〈間〉ね，いいですか，勤勉に教育を加え，教育に勤勉を加えるならばですよ」と述べ，教育と勤勉による平和への道を説く陸軍中佐がいる．
　公正を重視することは虚偽・暴力への嫌悪感に現れる．
　チェーホフは幼児体験からくる暴力に対する強い嫌悪感をもっていた．
　賢治も「烏の北斗七星」「二十六夜」で「憎むことのできない敵」を殺さない世界を望み，報復の暴力の連鎖を断ち切ることを訴えている．
　自然をこよなく愛する2人は暴力を憎み，戦争のない世界を願っていたと考える．

第7節　宇宙的な感覚

　彼らの自然との関わりから体験したのであろうか，その作品からは宇宙的な空間の広がりと時間的な過去から未来への軸を感じさせる．

　「水はどこへとも，なんのためとも知れず流れていた．それはかつてあの5月にも，やはり同じ様子で流れていたのだ．その水は5月の月に小川から大河に流れ込み，大河から海へそそぎ，やがて蒸発して雨に姿を変え，……どうしようというのだろう？　なんのためだろう？」（『接吻』）
　「……ざわめいているのが海ではなく，わたしの思想であり，世界全体がわたし1人から成り立っているのだ，という気がするようになっていました．……それは，この暗い，宇宙全体の中に，1人自分だけしか存在していないのだと思いたくなるような，おそろしい孤独感なのです．この感覚はロシア人だけが理解し得る，誇らしげな，デモーニッシュなものです」（『ともしび』）
　「ヤールタは朝霧をとおして微かに見え，山々の頂には白い雲がかかってじっと動かない．木々の葉はそよりともせず，朝蝉が鳴いていて，遙か下の方から聞こえてくる海の単調な鈍いざわめきが，われわれ人間の行く手に待ち受けている安息，永遠の眠りを物語るのだった．遙か下のそのざわめきはまだここにヤールタもオレアンダも無かった昔にも鳴り，今も鳴り，そしてわれわれの亡い後にも，やはり同じく無関心な鈍いざわめきを続けるのであろう．そして今も昔も変わらぬ響，われわれ誰彼の生き死には何の関心もないような響きの中に，ひょっとしたらわれわれの永遠の救いのしるし，地上の生活の絶え間ない推移のしるしが，ひそみ隠れているのかもしれない」（『犬を連れた奥さん』）
　「過去は，──と彼は考えた──一つまた一つと流れ出すぶっつづきの事件の鎖によって，現在と結びついているのだ．そして彼は，たった今じぶんがこの鎖の両端を見たような気がした．──一方の端に触れたら，もう一方の端がぴくりとふるえたような気がした」（『大学生』）

　などの文章に筆者はチェーホフの四次元世界を感じる．「性の権威史」「ロシアの医療」について著述を企て，資料も集めていたが果たせなかったとされる．

時間の軸をもとに，総合的なテーマの把握に努めている．
　賢治は自然に親しんだ原体験と，農学という自然との関わりの深い専門技術をもち，該博な自然科学の知識が加わり，銀河系を意識した作品が多い．
　「われらに要るものは銀河を包む透明な意志　巨きな力と熱である」
　「正しく強く生きるとは銀河系を自らの中に意識してこれに応じて行くことである」（「農民芸術概論綱要」）
「銀河鉄道の夜」などの作品に見られるように，常に大宇宙と呼応し，一体化する小宇宙賢治が存在しているようである．
　斎藤氏は銀河系，宗教（日蓮宗）との関連も詳細に考察しているが，残念ながら筆者の理解を越えている．しかし賢治を理解する上で重要なポイント（とくに日蓮宗）と考える．
　今後も学びながら賢治の理解に努めたい．

第8節　その他

　共通点で細かなことを言えば，ともに結核で短命であったこと，いわゆる長編を書いていないこと，2人とも自ら演じるほど演劇に関心が強く音楽を愛したこと，父親が熱心な宗教活動をおこない，父との確執があったこと，肉親（兄妹）の死後サハリンへ旅していることなどである．
　チェーホフは南サハリンのコルサコフから北上して河口にあるナイブーチまで調査している（図4-2　111頁参照）．地図上では賢治が鉄道でたどったコースもほぼ同じで（当時は栄浜が終点），ナイブーチは栄浜（現スタロドウプスコエ）と同じ場所である．
　ナイブーチの海岸に立ってチェーホフは描いている（『サハリン島』）．
　「……あたりには人影もなく，鳥1羽，蝿1匹見当たらぬ．こんなところで波はだれのために吠えたけっているのか，さらにまた，わたしの去ったあと，波はだれのために吠えつづけるのだろうか ── それすらもわからなくなってくる．この海岸に立つと，思想ではなく，もの思いのとりこになる．そらおそろしい，が同時に，限りなくここに立ちつくし，波の単調な動きを眺め，すさまじい吠え声をきいていたい気もしてくる」
　賢治は妹トシを失い，この栄浜の海岸に立って妹を悼む心を「オーツク挽歌」に詠いあげた．萩原氏によると『サハリン島』の日本での最初の翻訳（三宅賢訳

「サガレン紀行」)は 1925 年で,賢治が栄浜に行った 1923 年の 2 年後である.

賢治は 33 年前にチェーホフが来たことはおそらく知らなかったであろう.

したがって樺太の一寒村である栄浜に 2 人の偉大な作家が立ったことはまったくの偶然である.

弟妹が兄の資料をまもり,妹マリアはチェーホフ博物館の館長の職を勤め,賢治の弟清六は「賢治全集」の編纂に尽力したことも共通点と言えようか.

逆に相違点としてはチェーホフが農奴の出自をもち,最下層の市民層の出身であるのに対して,賢治は父親が質商,金物商を営んでおり比較的経済的には恵まれていたこと,このためチェーホフは医学生時代から小説を書いて一家の生活を支えたが,賢治は生活のかなりの部分を父親に頼っている.チェーホフが唯物論者で,宗教とは距離をおいていたが,賢治は終生熱心な日蓮宗の信者であったことなどである.

またチェーホフの教育の対象がおもに初等教育であったのに対し,賢治は中等教育(花巻農学校)や社会教育(羅須地人協会,東北採石工場)にあった.

その作品はチェーホフは教科書にも採用されるような児童・生徒を対象にした作品もあるが,おもには成人を対象にし,ほとんど詩作は行っていない.

賢治は主な作品は童話であり,多くの詩を残している.このように多くの童話を描きながら,児童との交流が評伝ではわずかしか見られない.

チェーホフには医師を登場させている作品は多いが,医学についての専門用語をほとんど用いていない.たとえば持病の肺結核についても日本語で言えば肺病(chakhotka)がほとんどである.『小説の中で,いちばん多く出くわすものは?』という初期の短編で「いい折を見て技術用語を使おうとする試み」といって皮肉っているだけあって.チェーホフ自身はそれを実行しているのである.

これに対して賢治は自らのあふれるイメージを豊富な科学知識をもって彩っている.鉱石を含む土壌学,天文学,物理化学,生物学,などの専門用語とそれにともなうイメージの洪水は,発育不全の右脳をもつ筆者には悩ましい.

筆者には彼らの作品に対する理解は困難であるが,このように 2 人の天才作家が結核で苦しみながら,短い生涯を勤勉で誠実に生きぬいたことに感銘を受ける.

最後にチェーホフたちがもっている皮膚感覚について感想を述べたい.

チェーホフは

「ひょっとすると,人間には 100 の感覚があって,死とともに滅びるのは,

われわれの知っている5つの感覚だけであって，残りの95の感覚はそのまま生きているのかもしれない」(『桜の園』)

「もしかすると第六感というやつを発見して，それを発達させるかも知れない」(『三人姉妹』)

「千年，別の星の上で地球についてかわされる会話．ねえおまえ，あの白い木をおぼえているかい，白樺をさ」(『手帖』)

よくいわれるように，チェーホフには別の星から地球を俯瞰しているような印象を受ける．残りの95の感覚があることは認めるが，「残りの95の感覚はそのまま生きているのかもしれない」とするのは遺伝子として残されているという意味だろうか．

賢治は「人間の体の中には何兆という細胞があって，その細胞核が地球が始まってから今までのことをみんな覚えていて，その歴史を記憶している．それが生命力なんだ」と言ったとされる．事実彼の教え子もそのような講義を受けたことを回想している．

先日NHKテレビ「私とルドン」(再放送)で作曲家の武満 徹がこのように語っていた．「多分そういう原始のある記憶というかな……物がまだこう……はっきり形をなさない時代の，そうした記憶を僕たちは多分持っているだろうと思うんです」

トーマス・マンは「つまり皮膚（外胚葉性の表皮）はあなたの外脳ともいえます．よろしいですか．あなたの頭蓋骨の中にあるいわゆる高等器官の装置と発生的には同じ性質のものです．つまり中枢神経も，表皮層がすこし変形したものにすぎません」(トーマス・マン「魔の山」)と述べている．この表皮層は単細胞の細胞膜にさかのぼることができよう．

細胞膜に起源を持つ表皮は「表皮層がすこし変形したもの」にすぎない大脳に匹敵する情報量を処理しているとされる．

表皮は単なる感覚などの生理作用のみならず，最近の研究の進歩は免疫，内分泌，自律神経系，精神系，心理作用にまで及んでいる（拙著「皮部療法」2009）．

筆者も経験したが，たとえば皮膚は色を識別しているのである（間中善雄・板谷和子「体の中の原始信号」1990）．

解剖学者の三木成夫は染色体の二重ラセン構造から，動物の血管，腸管など，植物の芽の成長のラセン構造のみならず火山の噴煙，台風，ジェット気流から地球の軌跡，星雲にいたるまで，自然現象の流れの中では渦巻きの形態をとる

ことを述べ，このラセン構造が空間的にはラセンの渦であり，時間的にはリズムとなる．

　リズムは電磁波，水波，地震波，周期的気象現象，地殻変動，氷河期の繰り返しなど大小さまざまな宇宙波がある．この影響を生物は受けて心臓の鼓動，呼吸，睡眠などの日，週，月，年の周期さらには個体維持と種族保存のリズムがあるとしている．

　「からだの原形質は，もともと原初の海に，この地球という1個の惑星から，ひとつの〈生きた衛星〉として生まれ出たものではないか，いいかえれば，われわれのからだは，目に見えぬ宇宙的な絆で，母なる地球をはじめ，他のもろもろの天体と根強く結ばれているのではないか……」

　筆者には賢治の宇宙観との類似が感じられる．

　芸術家の鋭敏な感性は太古からの空間的なラセン構造のみならず時間的なラセン構造（リズム）を大自然から感じとり，単細胞の時代からの感覚をよびおこすことができ，いわば「第六感というやつを発見して，それを発達させ」（『三人姉妹』）ているのではないだろうか．

　賢治とチェーホフについてご教示いただいた萩原美智子氏に感謝する．

参考文献

宮沢賢治：宮沢賢治全集．ちくま文庫，東京，1986．
畑山 博：教師　宮沢賢治のしごと．小学館，東京，1988．
堀尾青史：年譜宮澤賢治伝．中公文庫，東京，1991．
三上 満：野の教育者・宮沢賢治．新日本出版社，2005．
三木成夫：生命形態学序説——根源形象とメタモルフォーゼ——．うぶすな書院，東京，1992．
斎藤文一：宮澤賢治の世界——銀河系を意識して——．国文社，東京，2003．

参考文献

ベールドニコフ（三橋重男訳）：チェーホフの生涯．東京図書出版，1978．
チェーホフ（神西 清，原 卓也，池田 健太郎訳）：『チェーホフ全集』中央公論社，東京，1970．
チェーホフ（湯浅 芳子訳）：妻への手紙．岩波文庫，東京，1955．
チェーホフ，ゴーリキイ（湯浅 芳子訳）：チェーホフ・ゴーリキイ往復書簡．和光社，東京，1953．
海老原 遙：学校「改革」対教育運動．資本主義の発展時期における教育．
梅根 悟監修：世界教育史大系 15 ロシア・ソビエト教育史，講談社，東京，1976．
海老原 遙：帝政ロシア教育政策史研究．風間書房，東京，1997．
Eklof B: Russian Peasant Schools. Uniersity of California Press, Ltd. London, England.
藤本 和貴夫，松原 広志編著：ロシア近現代史．ミネルヴァ書房，京都，1999
ゴーリキイ（湯浅 芳子訳）：追憶．岩波文庫，東京，1952．
橋本 伸也：帝国・身分・学校──帝政期ロシアにおける教育の社会文化史──，名古屋大学出版会，名古屋，2010．
池田 健太郎：チェーホフの仕事部屋．中央公論社，東京，1980．
川野辺 敏：「統一学校」前史（1870 年代から 1917 年）──帝政末期ロシア文部省学校制度の歴史的構造とその展開，岩崎 正吾ほか編：ロシアの教育・過去と未来．新読売社，東京，1996．
マリア・チェホヴァ（牧原 純訳）：兄チェーホフ──遠い過去から．筑摩書房，1991．
Meve E（富田 満夫訳）：生涯と作品におけるチェーホフと医療．長崎，2016．
佐藤 清郎：チェーホフの生涯．筑摩書房，1965．
富田 満夫：医師チェーホフ．創風社，東京，2013．
和田 春樹：近代ロシア社会の法的構造．基本的人権 3，歴史 2，東京大学出版会，1968．

著者略歴

富田　満夫（とみた　みつお）

1960年　長崎大学医学部卒．
　整形外科専攻，国公立病院，岡山協立病院を経て，1972年大浦診療所勤務，現在に至る．医学博士，労働衛生コンサルタント．

　著書：
『中高年女性におくるQ・A腰痛の治し方』（1999）
『中高年女性の腰痛』（1999）
『経筋療法――経路への運動学的アプローチ』（2003）
『皮部療法――経路への皮膚感覚的アプローチ』（2009）
『医師チェーホフ』（2013）
　　以上，創風社．
　訳書：
ミェーヴェ『生涯と作品おけるチェーホフと医療』（2016）

チェーホフ - 教育との関わり -

2018年1月25日　第1版第1刷印刷	著　者　　富田　満夫
2018年2月1日　第1版第1刷発行	発行者　　千田　顯史

〒113―0033　東京都文京区本郷4丁目17―2

発行所　（株）創風社　電話（03）3818―4161　FAX（03）3818―4173
　　　　　　　　　　振替 00120―1―129648
　　　　　　http://www.soufusha.co.jp

落丁本・乱丁本はおとりかえいたします．　　　　印刷・製本　光陽メディア

ISBN978―4―88352―243―9